ひ と り 暮 ら し

一个人生活

[日] 谷川俊太郎 著

高伟健 译

湖南文艺出版社
HUNAN LITERATURE AND ART PUBLISHING HOUSE

博集天卷
CS-BOOKY

图书在版编目（CIP）数据

一个人生活 /（日）谷川俊太郎著；高伟健译 . —
长沙：湖南文艺出版社，2019.3
ISBN 978-7-5404-8878-9

Ⅰ. ①一… Ⅱ . ①谷… ②高… Ⅲ. ①散文集－日本
－现代 Ⅳ. ① I313.65

中国版本图书馆 CIP 数据核字（2018）第 248102 号

著作权合同登记号：图字 18-2018-323

Original Japanese title: HITORI GURASHI
Copyright © 2001 Shuntaro Tanikawa
Original Japanese edition published by Soshisha Co., Ltd
Simplified Chinese translation rights arranged with Soshisha Co., Ltd.
through The English Agency (Japan) Ltd. And Eric Yang Agency.

上架建议：文学·散文集

YI GE REN SHENGHUO
一个人生活

作　　者：［日］谷川俊太郎
译　　者：高伟健
出 版 人：曾赛丰
责任编辑：薛　健　刘诗哲
监　　制：毛闽峰　李　娜
特约策划：李　颖　雷清清
特约编辑：王　静
营销编辑：杨　帆　周怡文　刘　珣
版权支持：金　哲
封面设计：利　锐
版式设计：潘雪琴
出版发行：湖南文艺出版社
　　　　　（长沙市雨花区东二环一段 508 号　邮编：410014）
网　　址：www.hnwy.net
印　　刷：北京中科印刷技术有限公司
经　　销：新华书店
开　　本：880mm×1270mm　1/32
字　　数：134 千字
印　　张：8.5
版　　次：2019 年 3 月第 1 版
印　　次：2019 年 3 月第 1 次印刷
书　　号：ISBN 978-7-5404-8878-9
定　　价：45.00 元

若有质量问题，请致电质量监督电话：010-59096394
团购电话：010-59320018

目　录

Contents

我 001

木瓜树 002

余裕 007

恋爱是一件小题大做的事 011

熟悉的歌 016

没有路的路 019

随性 023

葬礼考 027

风景与音乐 031

昼寝 035

停驴场 038

以看待土豆般的眼光 043

翘望春天的书信（前略） 047

遇见自我 050

老收音机的『怀旧』 054

通信、汇款、读书、电视剧，

以及工作 058

老年痴呆症母亲的来信 064

单纯的事、复杂的事 068

内在的口吃 076

不着边际 078

十吨大卡车来了 081

我的生死观 087

五十年之岁月 092

我的『生活方式』 097

一个人生活之辩 105

遵从自己的身体 108

二〇〇一年一月一日 112

二十一世纪的第一天 116

说文解字 119

空 120

星 123

朝 126

花 129

生 132

父 135

母 137

人 139

谎 142

私 145

爱 150

某一天 153

一九九九年二月二十日（周六） 154

三月二十一日（周日） 160

四月十一日（周日） 165

五月二十三日（周日） 170

六月二十七日（周日） 175

七月二十四日（周六） 181

八月六日（周五） 185

九月三十日（周四） 190

十月十七日（周日） 194

十一月三十日（周二） 199

十二月十二日（周日） 204

二〇〇〇年一月十八日（周二） 208

二月十九日（周六） 213

三月二十九日（周三） 217

五月三十一日（周三） 223

六月二十九日（周四） 228

七月二十三日（周日） 232

八月二十日（周日） 236

九月二十四日（周日） 240

十月七日（周六） 245

十一月三日（周五） 250

十二月十五日（周五） 255

二〇〇一年一月二十二日（周一） 259

后记 265

我

一人暮らし

木瓜树

　　我的姨母名叫花子，是个十分俊俏的美人。她的丈夫名叫正，是过继到花子家的童养婿，生得也是十分英俊。不过，在我的记忆里他们两个总是病恹恹的，生前大半辈子也都是在病床上度过的。姨母年轻时得过肾结石，大夫都说这病没救了，可姨母硬是跟病魔斗争了好多年，周围人都说姨母有股天生的倔劲儿。姨夫也染上过结核病，不过病情并不要紧，加上他天生心细，处处留心注意，所以姨夫最后活到了七十多岁。

我的外祖父，也就是我母亲和姨母的父亲，名叫长田桃藏，是政友会的国会议员。不过，外祖父的心可不在政治上，一年到头净搞些奇奇怪怪的投资。战时为了避难，我和母亲曾搬到外祖父置办的位于京都淀城的宅子住过一段时间。那时，我喜欢摆弄各种机器，所以当我在杂物间里发现一台废弃的小型发动机时，我高兴得又蹦又跳。不过，当时我还不知道要把那台发动机用在何处。

　　大人们总是教导我说："你能活着，都要感谢你的外祖父。"据说，这是因为我父母在最浓情蜜意时结了婚，压根儿就不想要孩子。眼看着我这个不速之客就要一命呜呼的时候，外祖父突然说想抱外孙子了，所以我才侥幸活了下来。我还听说，我母亲剖宫产生我时，我父亲正在医院的走廊里玩当时正流行的悠悠球。

　　生下我以后，母亲的心思就全被我勾走了。母亲对我十分疼爱，但顾及我是独生子，怕我养成娇生惯养的坏毛病，所以常常比较收敛。相比之下，我的姨母就更加疼爱我了。因为没有孩子，她恨不得把我含在嘴里。还记得小时候，我故意把口水流在姨母的手掌上，可她却把我的口水舔得干干净净，当时我见到姨母这样做还恶心了好一阵儿呢。

外祖父的大宅子坐落在淀城的护城河边，从城外只需穿过护城河上的小桥就能到达。战争时期，外祖父把宅子的一半都拿来出租了。后来听说，当时掌管宅子的好像是外祖父的小妾还是什么的。至于这个女人什么样，我只记得当时自己很纳闷，为什么一个女人要整天戴着假发呢？除此以外，我也没有什么别的印象了。后来，由于大宅子维持不下去，我和父亲又住在东京，所以战争结束后，姨夫和姨母就来到东京，在东京租了一块地，建了一座在当时看来十分时髦的轻型钢结构住宅。

搬家的时候，姨夫带来好多稀奇古怪的玩意儿。因为喜欢园艺，姨夫拿来好多花盆、铲子、锄头、铁锹之类的老物件。除了这些，不知为何，姨夫还带来好多棚板。当然了，考虑到自己的病情，什么痰盂、便桶、夜壶，也都不忘带过来。而姨母则带了好几个糊着水牛皮的中式箱包、柳条箱和躺柜，里面装的都是些白绸布、衬领、丝绵之类的东西。

在东京的这段时间，姨夫把精力全都花在了理财和疗养上。而姨母则帮忙照看起了孩子。妻子说姨母对儿子和女儿太溺爱了，就跟当年对我一样，再这样下去孩子可就被惯坏了，于是便在我们家和姨母家之间竖了一堵竹篱笆墙。

前些天收拾了一下姨夫和姨母的衣柜，光旧相片就装了满满两大箱。还有一些写在和纸上的户籍证明之类的东西，不过由于我学识浅薄，根本看不懂上面写的是什么。因为儿子搞音乐，所以姨母生前常常弹奏的三味线也就归了他。

　　姨夫在自家的阳台下种了几株木瓜树，以前淀城的宅子里也有这种树。木瓜的黄色果肉黏黏的，有种独特的香味，需要用勺子挖着吃。父亲虽然对姨夫的园艺爱好不感兴趣，但对这木瓜却是情有独钟。姨夫去世以后，这些木瓜树就再也没人打理了。虽然枝叶还是那么茂密，可还没熟的果子却落了一地。我想，这些果子也只有鸟儿会吃了吧。

（*OMC*[①]，1987.10）

----

① *OMC*：此处疑为转载此文的刊物名称，具体译名不可考。——编者注

一个人生活

余裕

"余裕"开始不时出现在广告词中也就是最近十来年的事情。现在,日本人的生活有了余裕,也敢谈余裕了,这是我们勤奋拼搏的结果。有人认为,从四个半榻榻米大的小房间搬到大公寓里,住十二个榻榻米大的卧室就是一种余裕,这也不无道理。

但是,一想到房贷还要交给儿女偿还,是不是觉得就连花大价钱购置的皮制睡椅也不是那么舒服了?眼前空间上的余裕未必能让你的心也变得豁然。当你开始怀疑,自己是不是被余裕这个好听的词给骗了的时候，余裕本身也就瞬间消失了。

要想心中有余裕，必先经济有富余。想必有很多人赞同这种看法。但是，经济上有了余裕，心中就一定有余裕吗？想想，好像又不是那么回事。如果你也有这种看法，不要觉得自己伪善，或许这只是一种自然的心理。

曾经看过一个讲述因纽特人如何在恶劣的自然环境下生存的故事。当因纽特人在茫茫冰原上寻觅食物时，如果食物耗尽，老人便会主动留在原地，而其他人则会抛下老人继续前行。这样的老人看起来与"余裕"没有半点儿关系，但是，为什么又觉得他们面对生命的态度，或者说面对死亡的态度中，有种从容和淡然之感呢？

一个是腰缠万贯，时刻担心财富付之一炬的大富翁，一个是一穷二白，浪迹于田野路边的懒汉，这两人谁更从容自在？想必有很多人认为是懒汉。但真的让你去当懒汉，肯定谁都不愿意。当今社会的人们被物质和金钱这一对镣铐牢牢禁锢着，好像没有这些，余裕也就无从谈起一样。事实上，这不过是深谙其道的商家抓住了人性中贪得无厌的弱点，从而营造出的假象罢了。

要想变得从容、淡然，必先获得空间上的余裕。如果心中不畅快，时刻感觉自己处在高峰时段拥挤不堪的电车里的话，是无法体会余裕之感的。至于内心因何烦乱，欲望也好，情感也罢，思绪也好，信仰也罢，只要内心被填满，没有丝毫挪动的空间，就会有种透不过气的压迫感。而且内心一旦被束缚，人就会丧失活力，也无法与他人进行心灵上的沟通。

世上既有怎么都恨不起来的恶人，也有怎么都喜欢不起来的好人。虽然表面上我们以善恶对错来判断是非曲直，但事实上我们心里清楚得很，人心这种玄之又玄的东西，可不是以一两个既定标准去衡量世间万物的。我们害怕成为某一价值观的忠实拥趸，即使这种价值观百利而无一害也不行。

当内心留有余地，哪怕一丝缝隙时，心中就会产生一种东西。这种难以捉摸的东西与互相纠缠的情感和思绪并存，能使紧绷的情感和思绪有所松动。也许这种东西也是情感和思绪的一种，但它每次又会让即将凝滞下来的情感和思绪重新活跃起来。这种难以名状的东西就是所谓的余裕。

相对于人类居住的地球，余裕就好比宇宙中的真空地带。相对于人生中的一个个瞬间，余裕就是一种永恒。它是心外之心，是抛开内心的束缚，从外部审视自己的眼睛。所谓的轻松幽默的心态，便来自内心的余裕。

如果这就是真正的余裕的话，那么余裕也就无关金钱和物质的多少，也无关信仰虔诚与否，更无所谓你有怎样的价值观，接受过怎样的教育。当有一天我们忽然发现，我们开始用是否有余裕而非其他标准去衡量世界时，我们的判断才会更加深刻而有意义。当然，我也希望这种判断本身也是有余裕的。

（《日本经济新闻》，1988.7.5）

恋爱是一件小题大做的事

　　最初的时候我被孕育于母亲的子宫里。我的身体和母亲的身体是融为一体的。这种愉快舒适的感觉，想必至今也难以磨灭，依然作为一种潜意识，潜藏在我的身体里。我虽然脱离了母亲的子宫，拥有了自己的身体，但是这副躯体却时常想回归母亲的子宫。我就这样跟母亲撒娇。

　　母亲在作为人的同时，也意味着自然本身。当我看着阳光照射下闪耀着的平缓温柔的山丘时，当我踏入散发着鱼腥味的海水里时，当皮肤的毛孔感受着微风舔舐时，当我用赤裸的脚踝搅动泥沙时，我感受到一种欲壑难填的憧憬和渴望，以及混杂着敬畏与亲近的古怪情绪，在为之愉快的同时也为之痛苦不堪。

我已无法分辨，想同母亲融为一体的欲望，以及想融入自然的欲望，这两者之间的区别。

但是，逐渐地，相对于长生不灭的自然，母亲更多地作为终将死去的人类挡在我面前。母亲教给我人类社会的风俗习惯，企图让我融入一个与自然秩序不同的人类社会秩序中去。我反抗过，排斥过，最终还是接受了。正如我的身体从母亲的子宫中剥离开来一样，我的心也与母亲的心渐行渐远。于是我开始寻找能代替母亲的人。

所谓恋爱，不过是我的身体与另一个人的身体的邂逅。与自然不同，人类不是空有一副躯体，因此，当谈到躯体的时候，我们自然无法忽视寄宿于体内的心灵和灵魂，但是，说到底身体和心灵原本只是语言上加以区别的概念，其实是一个东西。然而，虽然每一个人都有其独一无二的心灵，是人类所特有的，但是支配着心灵同时也受心灵支配的人人都有的身体，却是属于超越人类的自然的东西。可以说，人类正是在这种矛盾中生活着的。

心灵与身体的这种充满矛盾的关系，是人与自然的矛盾关系的产物。如果说在矛盾中寻求和谐的诉求是两者共同的特点的话，那么恋爱在作为人与人之间的纠葛的同时，也可以说是人与自然斗争的一种形式。这种境况下的和平是多么来之不易，想必每个人都心知肚明。

所谓恋爱，不管你愿不愿意，都要和他人产生纠葛，而在当事人和对方的背后，都隐藏着超越了人类的自然。恋爱中的人，总能从对方的身后感受到某种超越对方的东西。那种神秘存在的深邃感觉，会让人变得盲目。但是，在这种盲目状态下，人能看到平常看不到的事物。世界会在崭新的联系下涅槃重生。自然，你可以看到一种和散文相比更加符合诗歌意蕴的新气象。

从母亲的身体中剥离开来的我的身体和心灵，究竟是从何时起，觉察到除母亲之外的另一个人的身体和心灵的呢？莫名的欲望，一方面让我将目光转向《世界美术全集》上登载的大理石裸体雕像照片，以及幼时与玩伴玩过的医生扮演游戏，另一方面，又让我对小学时同年级的一个女孩儿念念不忘，那张脸不是别的任何人，就单单是这个女孩儿。恋爱虽然得益于性，但同时又企图超越性。

渴望与宇宙融为一体是人类整个肉体与心灵最深处的欲望，恋爱是不是这种欲望的体现呢？如果是这样的话，从肉体的欲望直接导向了宗教这种现象也不是什么不可思议之事了。我在那张让我迷醉的脸上所看到的东西，或许就可以称之为"诗"。不管在我发现那副容颜与心灵时而相似时而不似这个过程，到底花费了多么漫长的时光。

　　目光邂逅容颜，肉体邂逅肉体，心灵邂逅心灵。所谓邂逅，用语言形容的话，可能会被认为有三种形式，其实只有一种。虽然现实生活中只有肉体是可以伸手触摸感知的，但是拥有语言之力的人的心灵，可以在日常生活中，描绘出很多这个世界所没有的东西。人能够以他人的肉体和心灵为媒介，超越自己的死亡，爱上这个宇宙。不管多么高雅的恋爱心理的背后，都隐藏着无比原始粗犷的自然，这一点，我们不可遗忘。

　　在我最初的爱情诗歌中，有这样的句子："……我呼唤着心中的人儿／世界回头一眼／随即我从这个尘世消失不见。"爱情较之其他人际关系，更加揭示出人的利己主义，同时，也超越个体，将人导向一个有着无限可能的世界。那种喜悦和无依无靠，正是爱情的滋味。人们根据自己的经验，并且穷尽想象，将之付诸语言。

一个人的肉体和心灵，离开了另一个人的肉体和心灵，是无法生存下去的。从很久以前开始，就有很多人无法忍受这种麻烦，选择逃至荒野，隐居在寺庙，幸运的是，他们的这种付出并不具有使人类灭绝的强大破坏力。

恋爱虽然是件小题大做的事，但是谁都没有嘲笑它的资格。

（作品社：《恋歌1》序，1985.10）

熟悉的歌

布谷鸟在《岁时记》中被当作夏天的鸟儿，而在北欧，则更多地被认为是春天的使者。作曲家弗雷德里克·戴留斯生于英国，父母为德国人，他生平的大部分时间却是在法国度过的。他创作了一首为管弦乐而准备的小乐曲《孟春初闻杜鹃啼》，其中的一部分貌似是根据挪威作曲家爱德华·格里格创作的挪威民谣的旋律而创作的，但在我听来，这首乐曲同沃恩·威廉斯以及爱德华·埃尔加的小乐曲一样，透露出浓浓的英国风情。

我第一次听到戴留斯的名字，是几年前在电视上看到肯·罗素为 BBC 拍摄的电影的时候。电影中，罗素将创作出这样美妙动听的抒情音乐的作曲家，描述成一个深受性病折磨的脾气暴躁的老人。

从小时候开始，夏天的时候我都是在位于群马县高原上父亲的一处山间小屋度过的。因此，我早已听惯了布谷鸟的叫声。听到布谷鸟和杜鹃的叫声，年幼的我不知为何会感到很安心。多年之后我在美国的新英格兰旅行的时候，之所以感觉很亲切，多半是因为那里跟群马县的高原很像吧。

新英格兰的诗人，艾米莉·狄金森在一首诗中这样写道：

知更鸟是我评判乐曲的标准

因为我生长在知更鸟生长的地方

但是，如果我生来是只杜鹃

我要以他的名义起誓

他那熟悉的歌曲是最美的歌曲

周围的鸟啼究竟会带给人什么样的感受呢？又将如何引导他的人生呢？对此，我一无所知。住在东京的我，即使现在也的确能听到鸟儿的叫声，但是我却写不出狄金森那样的诗句。或许是因为我弄丢了倾听婉转鸟鸣的听力吧。

在日本，布谷鸟古称"闲古鸟"（郭公鸟），被认为是寂寞的代名词。而在用黑管演奏出来的戴留斯的乐曲中，布谷鸟的叫声也不知为何听来有些沉郁，如同清梦中听闻其啼鸣一样。在芭蕉的名句"多愁的我，尽让他寂寞吧，闲古鸟"中，也透出一股同样的萧索之气。

从现代人的语感来考虑的话，自己本来就已经很忧郁了，却还要求让自己更加寂寞，这略微带有自虐倾向。而在古语词典中，"寂"这个词的意思是"失去了本来的生机与活力，感到空虚寂寥，并且希望回归原来富有活力或理想的状态"，这与英语的"miss"一词意思相近。也许芭蕉也希望从布谷鸟的叫声中获得救赎，摆脱郁闷的状态吧。

鸟的啼鸣无时无刻不在向我们传达着生命的讯息。近来，在十字路口时常听到电子合成的鸟鸣声，对此，我感到非常不快，因为那是虚假不真实的东西。分辨真假鸟鸣这种程度的听力，我还是有的。

（共同通信社，1988.4.7）

没有路的路

看过一部奇怪的短片。一个拿着相机的男人（也有可能是女的，但是因为其举止十分粗暴，所以我猜测多半是个男的）没头没脑地一直往前走着。他翻过栅栏，碰到房子也不敲门直接破门而入，横穿公园，踩坏汽车（不清楚他是否真的将汽车踩坏，但是从他动作的势头来看会给人这种感觉），漫无目的，就如同哥斯拉怪兽一样，伴着巨大的破坏声朝前走。就是这样一个短片。

因为是用第一人称视角拍摄的，所以给观众一种自己在向前走的错觉，并且给人一种不可思议的解放感。这就是无视道路时的快感吗？这时，我想起了小时候令人愉悦的一段经历，到了冬天，家后面的田都冻上了，我从中横穿而过去上小学。这种愉悦，不仅是因为可以抄近路，还因为给人一种不被道路束缚肆意而行的感觉。那块庄稼地很久以前就变成了住宅区，如今在其中央广场上，竖着一块附带地图的告示牌，上面写着：私有土地，禁止横穿，请沿道路通行！

话虽如此，我外出的时候，多半还是沿着道路走的。沿着道路走方便，而且，大概还因为在东京这样的大城市，除了道路以外没有其他路可走，所以没有办法，只能乖乖沿着道路走了。不过说心里话，翻越栅栏横穿私人庭院，或者不脱鞋穿过房间，或者飞檐走壁地前往地铁站，这些肆意妄为的行为虽然令人愉悦，但是这样不走寻常路，最终会招致牢狱之灾，我很清楚这一点，所以刻意避开了这些没有路的路。

如果你去美国，即使是走在一些荒无人烟的荒野上的时候，如若有人宣称这是私人领地而开枪将你打死，你也无话可说。所以说，道路这种东西，如果有的话，那么你沿着它走会既安全又便利，但是另一方面，想要脱离常轨的欲望则一直潜藏在人类灵魂的深处，蠢蠢欲动，纠缠不休。我说这些，你们可能会将我的意思理解为关于人生或道德的说教，这正是道路这个词让人困扰之处，如果你们要这样理解，我也不甚介意。

开车的时候，我有时候会幻想自己开的是一辆坦克。当然我并不是想杀人搞破坏，只是觉得如果开的是一辆坦克的话，就可以开到没有路的地方去了。坦克的那种旁若无人的行驶轨迹，也许就是人类利己主义心理的完美呈现吧。受到年轻人欢迎的四轮驱动越野车，也许可以说就是这种欲壑难填的坦克吧。这种越野车会破坏林道，发出强烈的噪声，这自然令人困扰，但是我们也都很清楚，文明产物中不知附带了多少人类的暴力欲望。

不想顺着道路循规蹈矩地走的时候，去沙漠里走走就好了。这一点自然谁都能想到。但是，完全无路可寻的时候，不仅不方便，而且让人很不安。上了年纪，老眼昏花，看起地图来十分不便，因此不管左拐右拐，信步而行，这自然乐得自由，但是若因此而殒命的话，则难免令人遗憾。但是，最近好像研发出了利用卫星实现定位的技术，所以以上这些担心貌似也是多余的了。

（《东京新闻》，1988.9.3）

　一 个 人 生 活

随性

　　昨晚我去附近的韩国料理店，吃了一种卷饼。它是将果酱煎饼那样薄皮的煎饼，包上切得细细的八种蔬菜、鸡蛋、蘑菇等卷着吃的一种食物。清淡细腻，非常美味。除此之外，还吃了叫"穷人煎饼"的东西。我不知道里面的馅儿是什么，总之是像小烧饼那样的东西。顾名思义，也许以前穷人经常吃这个，也非常好吃。由于还没吃饱，我又吃了朝鲜生拌牛肉、韩式拌菜和牛脊肉。还吃了洋葱与浅蜊的煎鸡蛋卷。最后吃了泡菜饭。餐后点心环节就着柚子茶吃了芝麻饼干。忘记说了，在这之前还吃了韩式盐辛，有点儿酸，但更多的是辣，我吃不完，拿塑料盒装着带回家了。然后今天午饭时将它吃完了。

我这样一一列举出来，也许听起来像是吃了很多一样，但是实际上也就八分饱，正好。除此之外我感觉还吃了其他的什么，但是记不起来了。记不起来，这也许是因为我记忆力不好，但是一般来说，人们对于美食，也就记得在什么地方、什么时间大快朵颐的那种满足感，这就够了。反倒是吃了难吃的东西一肚子火的时候记得很清楚，特别是在很贵的一家寿司店吃得不高兴的话，很久很久之后一直记恨着，不是吗？我也有两三次吃过终生难忘的美食，但是我并不认为自己会想要每天都吃这些一直心心念念的好吃的。在我看来，过分讲究饮食的话就跟自我意识过剩一样，并不会让你的心情美丽。

今天早上吃的是羊角面包，胡萝卜、青椒和莴苣做成的沙拉，半根香肠，像是德国香肠。还吃了将蒸熟的红薯切成薄片后用黄油煎炸的红薯片，这种做法有些奇怪，还喝了可可茶。红薯是父亲爱吃的食物，我也遗传了父亲的这一喜好。早饭的时候和坐在旁边的人就自我与他人之间的关系进行了讨论，我们的讨论兼顾具体与抽象，并没有影响食欲。晚上吃了前面说到过的韩式盐辛、烧煮沙丁鱼、羊栖菜与油炸豆腐拼盘，就着芜菁泡菜吃了茶泡饭。和邻座的人没有进行讨论，山南海北地聊了会儿天。

我的饮食是随性的。我想一般人的饮食也基本都是随性的吧。不是的话，就有些奇怪了。如果我们每天都用女性杂志上的碗碟，吃着女性杂志上的美食的话，会让我觉得日常生活从我们身边溜走不见了，会让我觉得过上了爱情剧的生活，想到这儿我就觉得脑仁儿疼。

餐厅这种地方，以前是偶尔才去几次，如今是大家经常去。所以如今我们没有闲工夫对着端上来的每一道美味佳肴表达自己的惊叹。几年前我和父亲在巴黎的一家餐厅吃午饭的时候，父亲因为喉咙做了放射治疗，声带僵硬，吃着吃着就噎着了。在这千钧一发的时刻，服务生马上拿来了新的碗碟和餐巾，着实让我震惊。仔细想想，也许这样做是理所当然的，高级餐厅有这样的服务水平一点儿也不奇怪，但是服务生们接力般地将碗碟和餐巾从这个人的手上传到另一个人手上时，态度非常自然，这让我印象深刻。我不记得那个时候吃了什么，但我想这不能说明那家餐厅的菜不好吃。

父亲与我不一样，他是个馋猫儿。好吃的东西他会大加赞赏，难吃的东西他就破口大骂。好吃难吃的标准只在于父亲自身的味觉，所以即便是人人交口称赞的美味，只要不合父亲的胃口，就会成为他痛骂的对象。比如说夹馅面包，父亲就不喜欢吃。每次母亲吃这个的时候，就会听到父亲叫喊着："这种东西是最最最难吃的！"不过庆幸的是，母亲对此都是置若罔闻、一笑了之，所以我能够在不对夹馅面包产生偏见的心态下长大成人。五月份父亲就年满九十四岁了，最近他迷恋上了在新宿高野卖的一种杧果汁，由于父亲是以"打"为单位购买的，所以前几天我去买的时候，店家还问我，您买这么多是做什么用的啊？

（《美食》，1989）

葬礼考

　　我并不讨厌出席葬礼，感觉比参加婚礼好多了。虽然最近有内涵的悼词越来越少了，但是跟婚礼的祝词比起来，悼词还能在比较不枯燥的心境下听完。大概是因为悼词中不需要说那些祝福的话吧。虽然我没怎么参加过婚礼，但是可以想象到，所谓婚礼，不可避免地要充满对未来幸福生活的美好祝福。出席婚礼的人必须围绕着面前的这对年轻新人的美好未来展开想象。

　　但是想着想着，你会担心，在这个房价飞涨的时代他们将以何为居，以后有了孩子的话，为了孩子的学费他们得辛苦工作多少年，还得担心万一孩子厌学或者学坏了怎么办，进一步想，还会想到万一将来夫妻关系不好以致离婚，两人日子都会过得艰难，甚至还会担心以后的养老问题。总之，你越想着要祝福眼前的新人，担心的种子越会在心里生根发芽，挥之不去。

你意识到新郎新娘今后的生活并不是一片美好光明的同时，却还要硬挤出一副让人感觉充满希望的笑脸，边吃着放凉了的龙虾，边笑脸相迎地说着祝福的话语，想来，出席婚礼必定是件很难受的事吧。在这一点上，出席葬礼就要轻松多了。因为葬礼上你不需要思考未来，所以你没有什么担心的必要。也不会因为思考未来而变得情绪低落。即使你要思考未来，你所想的，至多也只不过是世俗理解中的死者往生后的世界，你至多也只能幻想一下这种不知所云的地方而已，由于这种思索根本就没有一个称心如意的答案，所以反而会轻松很多。

但是遗憾的是，近来没有线香那高雅清幽气味的葬礼变多了。没有线香气味也就意味着没有了催眠的语速奇快的读经声，没有了这两者，葬礼的魅力就要大打折扣了。近来的葬礼过分"白化"了，让人感觉像是走进了一家法国餐厅一样。这些葬礼多半以白色为背景，装饰着一张大大的死者照片，其前面摆放上一张铺上白布的长方形桌子。周围满是白色的菊花，前来吊唁的人以一朵白色菊花来代替线香供奉于死者照片前。基本变成了这样的安排。

而在寺庙举行的葬礼，从颜色上来说有很多金色、红色、绿色等更加绚丽的颜色，不禁让人联想到，或许死后真的有极乐世界，死者不用再为思考未来而烦恼，可以过上无忧无虑的生活；而一片素白的现代葬礼，加上西方人创作的《安魂曲》作为背景音乐，则不会让人想得那么乐观超脱，反而让人怀疑：死者之前所声称的没有宗教信仰是骗人的，他其实是个基督教徒。这些无尽的怀疑逐渐发酵，挥之不去。

而且，奉上白色菊花本没什么，但是那时令人困惑的是，该向谁鞠躬行礼呢？由于故人的照片就摆在眼前，行礼的话就必然会同故人四目相对。虽然最终变成了面向死者行告别礼，但是作为我来说，不管是上帝也好佛祖也好，总归想面对着一个并非死者本人的对象来鞠躬行礼，拜托他对死者多加关照。这种反差多少让人感觉心中没底。

素白的灵堂如同医院的病房般干净明亮，而前来吊唁的自己也不由得有种仿佛是来医院探望病人般的感觉。如果在线香的烟雾缭绕下显得昏暗的灵堂内部，有一尊半闭着眼睛的金光闪闪的佛像的话，那么死亡看起来就成了一种不可捉摸、深奥难懂的东西，但是看到聚光灯下浮现出来的故人的照片，不知不觉地又感觉故人就近在咫尺，在悼词当中也往往自由无拘束地回忆起往事。

也就是说，近来的葬礼的做法是尽可能地将死者同死亡分离开来。也许有一天我也会为这种做法而折服，想向他们敬酒一杯，但是现在竟然会蹦出来"由于我现在还没准备好，还请稍微等待一下"这样任性的悼词，不管怎么宣传轻松氛围，轻松到这种程度的话，难道不觉得对于死亡有点儿失礼吗？

想要宣示光明的未来，在婚礼上展示就已经足够了，如果强行将美好未来的概念塞进葬礼里来的话，则此世和彼世之间的界限将不复存在。我想，至少让我们在葬礼的时候暂时忘却这世间的忧愁和烦恼吧。

（《母亲的朋友》，1989.4）

风景与音乐

　　我因一些事务从杉并的家中开车前往日本桥。去的时候利用调频广播收听贝多芬的《田园》，到了目的地时依然没有听完。考虑到进了停车场之后似乎就不能收听了，我把车停在路边继续收听非常喜欢的终乐章的一节（其实仅仅为几小节）。这种时候，如果能照着乐谱进行说明的话，那是再好不过的了，但是我没有这种天才，只能代之以"嗒——啦啦啦——嗒，嗒——啦嗒啦啦"这样的哼唱了。懂的人自然会懂吧。

回去的时候，我又用 CD 听了"贝多"的《热情奏鸣曲》。顺便一提，"贝多"的叫法并不是来自他的家人[①]，而是中原中也在《小丑的歌》这首诗中用来称呼贝多芬的。"贝多和舒伯，都早已作古 / 连早已作古这件事 / 亦无人知晓……"年轻的时候我为贝多芬的才华所倾倒，对有人将舒伯特称为"舒伯"倒不在意，但总会想，"贝多"是什么嘛，这就是亵渎伟大的贝多芬，还曾为此愤慨不已，但如今我不再那么吹毛求疵了。格伦·古尔德用非常细腻舒缓的节奏弹奏我非常喜欢的《热情奏鸣曲》的第二乐章——稍快的行板的主题和变奏。而我的耳朵已经习惯了年轻时听的施纳贝尔弹奏的版本，所以古尔德的演奏在我听来总感觉稍微有一些刻意。回去的时候走的高速公路，到家的时候才听到第三乐章的一半。因为感觉

---

① 若严格忠实于原文，此处也可以表述为："顺便一提，此'贝多'并不是指越南连体双胞胎兄弟阮德的哥哥阮越。"阮越、阮德是 1981 年出生于越南的双胞胎兄弟，疑受"越战"时美军投下的枯叶剂影响，兄弟俩出生时下半身相连。1988 年 10 月 4 日，在日本红十字会医生的见证下，二人在胡志明市的医院接受了分离手术。"越酱"和"德酱"是 20 世纪八九十年代日本媒体对兄弟俩的爱称。其中，"越酱"和"贝多酱"这两个爱称的日文发音相同。——译者注

这种快板听到一半不听了也没什么可惜的，所以我就这样熄火停车了。

能够毫不介意地中途暂停音乐，可能是 SP 唱片时代带来的恶习。因为在 SP 唱片中单面仅五分钟就结束了，因而音乐总变得碎片化。那时候，我总是将刻有自己喜欢的那段旋律的一面反复听，很少完整地听完全曲。进入 LP 唱片时代后，要把唱针准确地放到自己喜欢的时段需要花费一番功夫，不过有了 CD 之后，就出现了部分重复播放这样便利的功能。但是，这样一来，喜欢的旋律很快就会黯然失色，让人产生厌烦的感觉。便利的功能中总是附带着隐患。

我喜欢一边坐在车中飞速移动一边听音乐。车窗外闪过的风景和音乐合二为一，有一种畅快感。三十多年前我买的第一辆车是雪铁龙的 2CV，当然并没有配备车载收音机，所以我自己买了一个便宜的便携式收音机悬挂在仪表盘上。后来我因工作原因去慕尼黑奥运会的时候，买了当时还很新鲜的飞利浦车载音响，自己动手将它安装在了我的丰田卡力那（Carina）上。我将自己喜欢的音乐都录到一盘磁带上来听，朋友武满彻听过后嘲弄我说："你喜欢的音乐貌似都是基督教圣歌之类的东西啊。"确实，相比起快节奏的音乐，我更喜欢舒缓的旋律以及与之相配的和弦。

乘坐国际航班的时候，比起食物菜单，我更喜欢先看音乐单。如果有我喜欢的音乐那当然好，前不久坐的是哪国的航班来着，他们把本国一位新进指挥家指挥演奏过的该国现代音乐做成了一个特辑。虽然很难说让我很享受，但确实让我学到了些东西，受益不少。但是，他们家经济舱的耳机则让我难以忍受，那令人难以忍受的颜色，还必须塞进耳朵里。没有让我患上中耳炎真是个奇迹。

我曾经在乘坐直升机参观大峡谷时聆听理查德·施特劳斯的《查拉图斯特拉如是说》。直升机从飞机场起飞后暂时在平坦的林地上空飞行，那个时候我听的是《火之战车》。突然间深达一千六百米的峡谷在下方如巨兽般张开血盆大口的时候，音乐一瞬间切换成了《查拉图斯特拉如是说》。当我回过神来的时候，我惊奇地发现自己已经热泪盈眶。

（小学馆：《经典·国际》，1990.5）

昼寝

　　"昼寝"是一个多么爽快的词啊。虽然"睡懒觉"也令人难以舍弃，但总有一种闹别扭般的小家子气，词义本身也有稍微缩小的趋势。与此相对的，"昼寝"就显得落落大方多了。根据时间和场合的不同，把"昼寝"拖延至晚上也没有关系，有一种难以形容的漫不经心的意味。

　　对那些认为"昼寝"一词过于缺乏诗意的人来说，也许"午睡"这个词更对他们的胃口。虽然"午睡"这个词在日常交流中很少轻易使用，却是一个优雅有品位的词语。但是我认为，要想用好这个词，需要稍微花费一些金钱。穿着日式大裤衩拿着扇子啪嗒啪嗒摇这样的风格，就算可以称为"昼寝"，也实在难以称为"午睡"。

要想享受真正的"午睡"，则必须有与之相配套的一些装备。比如说，如果是在海上午睡的话，小舟、渔船、渡轮之类是不够格的。至少得是二十英尺（约六米）长的游艇才好，必须是在这些所谓的豪华游轮的甲板上才够格。此外，对"午睡"来说，当事人的年龄和人生经验也是不容忽视的要素。对二十岁上下乳臭未干的黄口小儿来说，他们是不配享受"午睡"的。对那些依靠父母供养、享受着温暖家庭港湾的年轻人来说，用"昼寝"来描述他们已经完全够用了。要想使用"午睡"一词，就算不用苛求花甲之年，至少也要等到满头青丝中已隐现两三白发才好。

对嫌弃以上这些讲究太过烦琐的人来说，有一个词"siesta"①适合他们。反正这是个外国词语，谁用、如何用，都无所谓了。因为它的正确意思和语感等，谁都不了解。然而根据我的了解，拉丁语系的诸多民族在"siesta"的过程中，

---

① siesta：西班牙语"午睡"的意思。——译者注

进行着某种与生产相关的活动。这种文化习惯日本人是适应不来的吧。

"昼寝"，原本应该是一种孤独的享受。幼儿园的孩子们所进行的集体午睡，只能称为"午睡"，而不是"昼寝"。在"siesta"中所伴随的生产行为也是独自一人无法施行的，在以"无为"为第一要义的"昼寝"当中，即使有很多以快乐收尾，但终究无法与生产挂钩的行为，但硬要把那些手脚激烈运动、让人大汗淋漓的基本上等同于劳动的行为也牵扯进来的话，则是很荒谬的事了。

吃过午饭后，人自然感觉眼皮变重，这时，不管多么高尚的思想，其焦点都变得模糊；任你是多么坚定的理想主义者，都在睡意蒙眬的现实面前举手投降。人这时的意志力都已经转移到床上或者被窝里了，而这种意志力的深处则潜伏着一抹内疚，这就是"昼寝"不可或缺的隐藏韵味……但是，可笑的是，要想达到一听到"昼寝"这个词就心荡神驰的境界，对我来说，需要长达五十余年的勤奋努力。

[《午睡》（*Siesta*），1990 年夏]

停驴场

我已经在这个世上活了六十多年，因而那种生来第一次见到的风景和事物变得越来越少了，这也是没法子的事。但是反过来说，只要我有机会接触那些罕见的事物，它们给我的惊喜也是远比年轻的时候更加深刻而弥足珍贵的。虽说如此，我也不禁怀疑，说不定我只不过是为自己还保有那种感受能力感到惊喜而已。

担当向导的大学生诺雷丁（Noureddine）君面对我们自信满满地说："我要带你们见识你们至今都没看到过的东西。"

还对我们说："猜猜看是什么？"我们当然猜不出来，而且，作为我们来说，我们自认为比年仅二十八岁的他人生经验丰富多了，不把他说的东西放在眼里。这是发生在位于摩洛哥南部，与南撒哈拉沙漠接壤的一个叫里萨尼（Rissani）的城市的故事。

但是，突然间呈现在我们眼前的风景的确是超乎了我们的想象。在一个约有棒球场大的广场上，极目所见拴着无数的驴子，如同高峰时候的新宿站一样，一群一群地聚在一起。白色沙尘漫天弥漫，嘈杂的驴叫声不绝于耳。这里不是停车场，而是停驴场。原来那天刚好是建城纪念日，附近的人们都把驮载行李的驴拴在此处。

从驴身上卸下来的鞍在周围堆积如山。我不禁好奇：该怎么分辨出哪个是自己的鞍呢，哦，不，首先到底能不能从驴群中找出自己的驴子呢？然而我们根本就来不及提出自己的疑问，只是呆立在一旁，陶醉在这毫不夸张地说是生来第一次见到的光景之中。同行的摄影师为了从更好的角度拍下好的照片，爬上石壁，但在按下快门前大概突然感到这番场景是照片所传达不了的，于是中途放弃了。

一开始只看出是一群一群的驴，这时开始一头一头地清晰地映入眼帘。它们正如我们印象中的驴一样，有的因前脚被绳子系牢而放弃了挣扎，在那儿垂头丧气，有的不知为何朝着天空嗯啊嗯啊地叫唤着。而最吸引我们眼球的，则是在一片混乱中依然勇敢地想要同母驴交配的公驴。

看来，驴这种动物，根据时间和场合的不同，也不是像外表看上去那样容易放弃的生物啊。它们不断地挑逗着周围的异性，徒劳地朝着天空蹬腿。同行的一位女士感叹道："唉，太大了。"这至少可以说是对它们的一种安慰了。

然而，这个停驴场的光景在罕见的同时，对我来说，又莫名其妙地让人怀念，感到安心。弥漫的味道，我在一开始也没有觉得恶臭难闻。因为在如今已变成大型超市停车场的以前的田地里，孩提时代的我的确曾闻到过这种气味。

诺雷丁君在家中十一个兄弟姐妹中排行第二，目前在菲斯大学攻读语言学硕士学位，他非常喜欢日本。一路上他从广岛、长崎说到索尼、本田，非常单纯地赞美着日本的事物，我们则只好无言以对。但是他也有着另一面，他会将停驴场的风景不遗余力、略带夸张地介绍给我们这些无所谓的游客。我们不知道他对现代化强加给人类的矛盾了解多少，我们也没有因为眼前的光景而沉浸在乡愁中显得傲慢自大，但是，比起停车场和大型超市，眼前的停驴场和这座小城，更能让我们真真切切地感受到人世生活的种种。至少在这一点上，他和我们的感情是相通的。

我们在绵延至撒哈拉沙漠的沙丘上欣赏了那天的日落。突然从白天的喧嚣归于万籁俱寂，显得极不真实。但是，我深切地体悟到了这一点：喧嚣生于静寂，终又回归静寂。

[《绅士》（*Esquire*），1991.2]

以看待土豆般的眼光

　　我很少有机会看到自己的脸。虽说偶尔也会在理发店的镜子中撞见自己的脸，但因为我没有底气，所以立刻就移开了视线。因为我知道，只要我不经意间目不转睛地盯着镜子里的自己看的话，我一定是带着一脸不悦的表情。

　　在这一点上，我觉得画家真的很了不起。我非常喜欢伦勃朗的自画像，在很久之前，我曾经买来一幅他的铜版自画像，视若珍宝。那画像正好是在与我当时年龄相仿的时候画的，只见一个平凡的大叔坐在窗前朝这边看着。到底不像是自己给自己画的。

画像中的伦勃朗以看着掉落在那里的一个土豆一样的目光看着自己，没有任何沉思的样子，但是其表情实在是栩栩如生。说是栩栩如生的表情，听起来可能感觉是精力十足的样子，其实不是，他的表情，怎么说呢，应该是和世上一般的中年男子一样抑郁的样子。虽说是抑郁的表情，但确实是栩栩如生。

没有自我意识，像看着另一个人一样看着自己。我也曾想像这样用语言文字来给自己画一个自画像，但终究没有这么做。我当然明白用文字描写与用画描绘是不同的，但我也深知不管是文字还是画，都是以之前的自己为原型进行创作的，所以这个愿望还是实现不了啊。

但是伦勃朗在更年轻的时候就认真地画着自己稚气毕露的、令人感觉羞耻的自画像。如果我们循着年龄的轨迹探索他自画像的变化的话，我们就会兴味盎然地发现伦勃朗这个人物逐渐成长成熟的全过程。我们也会确信，他年轻时的自画像就是他年轻时的样子，他没有弄虚作假。

因为没有绘画才能，所以我不曾画过自画像，不过倒是给自己拍过照片。这也许是出于一种自恋心理，但原因不止于此，也可以解释为照相机这种器械会自然地鼓动自己对自身这一近在咫尺的拍照对象产生兴趣。

我曾拍过镜子里的自己，拍自己的侧脸，拍自己害羞的样子，或者刻意地盯着自己（也即盯着照相机）来自拍。年轻的时候真是无知得可以。这之后，我虽然用自拍器和朋友一起自拍，但是不再一个人自拍了。直到差不多十年前，我买了摄像机之后，才又不可思议地想站到镜头前了。

由于摄像机里的画面是动的，所以就算想要装腔作势也会迅速露出马脚。我在镜头前眨眼示意，吐舌头，将脚掌心伸到镜头前，自然地开始自己逗弄自己，所以很是轻松愉快。但是这并不是真正的自己，也许只不过是自己扮演自己罢了。

虽说不是所有的画家都这样，但是我认为，画家比作家更能不受自我意识之类的多余的东西打扰，更容易拥有正视现实自我的目光。我曾尝试着写诗来给自己画自画像，但也终究不过变成自己的一个仿制品而已。如果抛开自画像这样的主题来写的话，一定能够展现出更加真实的自己，我认为语言就是这样奇妙的东西。

（《清春》，1991.4）

翘望春天的书信（前略）

不知为何，突然想给你写信。

那之后你过得可好？话虽如此，明明我们昨晚刚打电话聊过来着。

那之后我睡着了。在梦中看到大江健三郎正骑着自行车。正想跟他打声招呼，突然意识到这么做不好。因为是梦，所以很快就明白了。大江先生的自行车车筐里，装着胡萝卜。

等到醒来已是早上了。

院子里杂草丛生，而杂草也已经枯萎了。想到自己的秃头后变得不高兴起来，感觉自己与院子里杂草的情状颇有几分相似之处。只不过院子马上就会重新绿意盎然，而我的秃头则荒芜一片，华发难生矣。

换个话题吧。

你这个人太善良了。有时候太过善良也是一种恶。

再换个话题吧。

你不知道什么是超再生式收音机吧？我知道。它使用反馈线圈来进行操作。当向检波真空二极管发射电流使之刚好产生谐振时，施加正反馈。在调节其幅度时，需要用到小小的可变电容器，或者将检波管的帘栅极电压改为可变电阻。怎么样？无聊吗？

我想起昨晚睡觉之前看过一本杂志，是少见的诗歌杂志。里面有一首永濑清子的诗——《一直在原野之上》。我将开头的一节抄给你看：

因我一直急于求成

致使其他毫无建树

我为了什么而如此地心急火燎呢？

思虑再三　我只是急着规划自己成长的脚步

——明明那脚步永不会停歇——

而且，明明只会让我舍弃很多很多的美好——

好诗呀！你也偶尔读读诗吧。

马上就到春天了。我家今年添了一个小宝宝。所以春天也越来越有春天的暖意了。不是我的孩子，是我的孩子的孩子。我跟你说过吗？我已经笑出声了。

写得过多的话电话里就没啥聊的了。就到此为止吧。书不尽言。

某月某日

某君书桌

［《贺卡时代》（*Card Age*），1992.3］

遇见自我

　　我一方面认为从小时候开始就一直与自我相遇，一方面又觉得迄今为止尚未邂逅真正的自我。

　　每天早上刮胡子的时候，自然都会面对着自己的脸，会发现眼睑的皮肤变得松弛，皱纹也变多了。觉得自己越来越像自己的老爸了，于是郁闷不已。不知不觉中会与年轻时候自己的脸进行比较。虽然也会考虑如今的容颜与以前比较到底哪个更好，但没有结论。只会悲伤地感叹：啊，这是我吗？我十分清楚，这些根本就算不上同自我相遇。

脸在长年累月中的确会发生变化。可以这样说吗，脸变了的话身体内部也变了？我认为，哦，不，我愿意这样相信，不看镜子我都知道身体内部变了。是因为同自我相遇了所以才变了吗？我更倾向于认为，因为遇见了他人自己才会变化。正是由于遇见了他人，才同时有了机会遇见自我，话虽如此，其原理过程并不容易解释清楚。与他人相遇仿佛战争一样，是拼命的事。

胜新太郎在某个场合说过这样的话："与自己这样的人打交道，自己也是十分辛苦的。但是，若是有一天同自己打交道变得简单了，那首先说明你自己变成了一个无聊的人。"我对这句话大为赞同。因为我从未想过同自己打交道会是一件辛苦的事。我是个比胜新太郎更加悠闲乐观的人，虽说可以在不与自己、不与他人、不与世道发生冲突的前提下活下去，但实际上那只不过是因为自己敷衍、欺骗自己罢了。

真实情况难道不是任何人同自己打交道都是件辛苦事吗？难道不是因为我们经常倾向于将这些辛苦麻烦产生的原因推给他人而不是自己吗？在认识到这个令自己头疼的自我之前，我们是无法认识真正的自我的吧。虽说能够完美地避免同自我相遇也是一种活法。

　　我如今已年过花甲，所认识的自我自然也过了六十岁。虽说是已过六十岁，但我发现六十岁的自我之中还隐藏着三岁的自我、二十岁的自我、四十岁的自我时，我惊愕不已。在遇见现在的自我之前，我还得遇见过去的自我，真是麻烦。这个过程可以称为一种洗礼吧，虽说有这般感觉，但即使经过洗礼后自己也并不会变得愈加洁白无瑕，也不会涅槃重生，有时反而会因为零部件松脱而陷入麻烦。

　　虽说遇见过去的自我事出无奈，但随着年龄增长会逐渐有决心马上与未来的自我相遇。也就是说，抛开衰老和死亡是无法同自己打交道的。到了差不多也该同自我告别的时候能够泰然处之，这一点即便对自我要求宽松的我来说，也还是有一些棘手的吧。如果是这样的话，也会稍微对自己有些兴趣吧。但是我们没有觉察到的那些隐藏起来的真心话究竟是什么呢？找出这些东西的真相也许也算是晚年生活的一种乐趣吧。我们也算是发现了不得了的事实吧。

　　自己的心自己不可能不了解，这样想就是大谬了。或许，自己的心比他人的心更加难懂。更何况藏在心灵深处的灵魂，就更加难懂了。我们就在这种对自己的心和灵魂一无所知的前提下生活着。我也真是大胆呀！

（《朝日新闻》，1993.2.8）

老收音机的「怀旧」

有一本书叫《婴儿潮时代的收音机》（*Radios of the Baby Boom Era*）。其是在美国出版的，在日本买的话一册高达六千日元。全套书一共六册，将一九四六年至一九六〇年间在美国销售的收音机按照生产商分类介绍，并配有照片。每天晚上我都在床上反复地看着这本书。我究竟在干什么呀。

一九四五年"二战"结束后不久，在日本也可以买到美国产的收音机了。话虽如此，当时还是少年的我自然是买不起了，只不过一再恳求店主让他拿给我看了几眼而已。而这一看，就让我对它一见钟情。不是说自己家没有收音机，也不是说收听的节目不一样。尽管如此，我一直牵挂着它，终日闷闷不乐。这究竟是为什么呢？

可能这就是一种病吧，并且在几年前复发了。得益于日本经济的发展，原本可望而不可即的收音机也沦落至普通人可以负担得起的地位了，这对收音机来说算是不走运吧。在疾病的潜伏期间，偶尔也不是没有症状发作，但是这次稍微有点儿严重，我开始踏进了收集古旧收音机的泥潭。虽然我不懂欧姆定律，但由于从小喜欢摆弄焊烙铁，所以我不嫌麻烦地沉迷于修理收音机，让坏掉的收音机可以重新发出声音。

这些爷爷奶奶辈的老旧的收音机当中，新一点儿的四十多年了，旧一点儿的七十多年了。如今再让它们工作听来有点儿哀伤，但是无法发声的坏掉的收音机，不管外观多么好看，还是难以说能继续存活下去。就收音机来说，总的来说我还是属于"外貌协会"那种的，但也还是会在意其性能。毕竟声音听起来不费劲儿的自然最好。

还有一本书叫《美国人生活中的便携式收音机》（*The Portable Radio in American Life*）。这本书与前面说的那本不同，文字比配图多，我只是跳着读的，但是书的开头给我印象最深，开头说"这是一本考古学方面的书"，作者是亚利桑那大学的人类学教授。我不是学者，对学术研究也没有什么期待，仅仅作为一个业余爱好者，喜欢花时间做一些实地调查，像旅行目的地的古董店、各地的跳蚤市场、收音机爱好者之间的交流交换集会之类的。

不久前有一个"向柬埔寨捐赠收音机献爱心"的活动。到今天，世界上还存在着收音机是唯一获取信息手段的贫穷落后地区。我也乐于将自己不用的半导体收音机捐出去，就拿着它去了附近的收集点，当时我控制不住地盯着那些堆积如山的旧收音机看。幸运的是，我的收集仅限于电子管收音机，因而隐藏在我善意行为背后的"卑鄙"想法并没有被别人觉察到。但当我把这件事告诉朋友的时候，好几个人瞬间就变了脸色。

收集收音机也算是人类众多兴趣中的一种吧。如果你问我为什么不喜欢打高尔夫、养盆栽，而偏偏喜欢收集收音机，我也回答不上来。只能说是喜欢，当然这种喜欢背后也隐藏着很多深刻的心理动机，比如说理所当然地认为在万物瞬息万变、日新月异的现代，古旧的东西也拥有了一种价值。

古旧收音机的魅力之一在于它有一种独特的气息。就好像有名的普鲁斯特的玛德琳蛋糕①一样，它让我们感受到一种莫可名状的娇弱的乡愁。萩原朔太郎反复描写的那种被称为"怀旧"（nostalgia）的情感，与此也有些相同之处吧。于是收音机也慢慢开始承载了一种足以诱发怀旧契机的历史。

我丝毫没有想过要回到现实中的少年时代。虽然那时候的收音机技术古老落后，但依然魅力不减。我想，这大概是因为我们想从过去的旧物件中找寻与每个人自身相关的回忆吧。而收音机作为历史的一个细节，也在我们思索"何谓人类"的自我提问当中提供了一种参考答案。

[《IBM 用户》（*IBM USERS*），1993.2]

----

① 玛德琳蛋糕：当今在法国乃至世界各地都十分流行的贝壳状甜点。据说法国作家普鲁斯特因一次偶然的机会，吃到了这种点心，熟悉的味道唤醒了沉睡在心底的所有回忆，他开始回想自己的一生，《追忆似水年华》由此才得以诞生。随着这部小说获得举世的赞誉，玛德琳蛋糕这种原本作为家常甜点而存在的点心，几乎成了回忆与旧时光的代名词。如今，它已名列全世界蛋糕里登堂入室的级别，从而受到人们的追捧。——译者注

通信、汇款、读书、电视剧，以及工作

六月九日（星期四）

来信。中部电力公司的宣传杂志《交流》《中央公论》《文学界》等，小泉文夫的著作《音乐的本源》，两部集英社文库本《这就是我的温柔》，诗歌杂志《地表》，福岛县现代诗人协会会报，西武日产营销广告册，中银生活护理讲座申请表，村上隆个人展通知，餐厅哈格顿（HAGETEN）的营销广告册，土岐小百合诗歌明信片，安东商店付款通知单，筑摩书房版税支付通知，荒竹出版社约稿，《零售》（*Retail*）

杂志约稿，原美术馆"荒川修作绘画展"指南，布村宽追悼会通知，诗歌杂志《苏芳花》。

去信。给福冈启介先生的感谢信。拒绝荒竹出版社约稿。

汇款。安东商店，赞同对器官移植法相关意见进行公告委员会。

读书。《文春周刊》《朝日周刊》《美铃》（*MISUZU*），玉置保巳《游戏的头脑》，河合隼雄《儿童的宇宙》。

电视剧。《蓝天下的化妆广告员》最后一集。

六月十日（星期五）

来信。北岛作品《波动》《文艺春秋》，日本基督教海外医疗协会《合作共存》，八岳高原音乐节介绍说明书，羽仁进执导电影《活着》首映式介绍，音乐之友社再版通知，《人事信用调查录》刊载通知，集英社付款通知，"飞骅①国际音乐节东京特别公演"邀请函，伊势丹降价特卖广告册，原一男《全身小说家》首映式介绍，拨号服务付款通知单，《青木瓜之味》首映式介绍，NTT（日本电报电话公司）电话费收据。

---

① 飞骅：日本地名，是日本岐阜县最北端的一个市。——编者注

去信。缺席通知二，出席通知一。

汇款。特赦组织（Amnesty）美术明信片价款。

读书。《新潮》，立花隆对话篇《生、死、神秘体验》。

工作。翻译《花生漫画》①。河合隼雄著作集月报。

六月十一日（星期六）

来信。中江俊夫诗集《气体状》，于勒·拉弗格诗集《月亮圣母颂赞》，高田宏作品《走向海角》，《吉田健一作品集》别卷，宫下攀《永恒124》，《园艺趣味》，《口袋》（IN·POCKET），《语言》，诗歌杂志《心象》，无线电器古董俱乐部会刊，《飞行教室》三人对谈邀约，反对器官移植过急立法化紧急联络委员会来信，左岸咖啡馆来信，日兴证券株式会社市场调研部联系卡，住友信用卡公司"圣海伦火山特惠游"预约申请书，麦克兰德事务所搬迁通知，疑似同一精神病患者寄来的两张匿名明信片，维多利亚与艾尔伯特博物馆"英国现代设计展"开幕式特别展邀请函，骏台文库株式会社版税账单，萩野令

---

① 《花生漫画》（*PEANUTS*）：美国漫画家查尔斯·舒尔茨从1950年开始创作的系列漫画作品，主角为查理·布朗（Charlie Brown）和宠物犬史努比（Snoopy）。——译者注

子展介绍，乌林科（URINKO）剧团公演邀请，熊本儿童文学研究会会刊，酒田朗读会联系，岩波书店发行通知，岩波书店版税付款书，新潮社支付通知书，上落合①町来信，阿罗比（AROBI）概念演讲邀请。

读书。河合隼雄《闲言碎语集》。

电视剧。超级电视台《情报最前线》《恋爱的骚动》。

工作。翻译《花生漫画》。河合隼雄著作集月报。

六月十二日（星期日）

来信。丰多摩同学会会员名册。

读书。无线电器古董俱乐部会刊，中江俊夫诗集《气体状》。

电视剧。NHK（日本广播协会）特别剧《父与子的对话》。

工作。翻译《花生漫画》。河合隼雄著作集月报。创作短诗一首。

六月十三日（星期一）

来信。一诚堂古书目录，混声合唱曲《向着地平线的彼

---

① 上落合：东京新宿区的一个町。——译者注

方》两部，五味太郎《俳句如何》，司茜诗集《思若狭》《行动者》，录像带《卡门》，日本音乐著作权协会（JASRAC）一九九四年度大会资料，《面向成人的生日派对》约稿，积水房屋株式会社土地调查表，日本文艺著作权保护同盟关于著作物使用申请的介绍，疑似同一精神病患者寄来的匿名明信片两张，粹意气协会诗朗诵餐会邀请，欧文·斯特纳（Irving Stettner）展介绍，迈势（Maxus）电脑升级服务公司营销广告，日本国际电报电话公司（KDD）使用说明书及收据，南天子画廊版画展介绍，住友信用卡账单，非洲象国际保护基金会日本分部新闻（AEF News），岩波书店发行通知，东京巨蛋展介绍，芝高康造展介绍，最佳通信服务公司新闻（OCS News），最佳视频合集营销广告。

读书。《文学界》，弗雷德里克·福赛斯（Frederick Forsyth）《上帝的拳头》上卷。

工作。翻译《花生漫画》，创作短诗二首。

（《零售》，1994 年秋）

老年痴呆症母亲的来信

晚上，当我结束工作从外面回到家的时候，在我的书桌上，放着母亲给我的信，几乎每晚如是。说是信，其实是母亲在当时我常用的信纸上，用我的铅笔写下的歪歪斜斜的字，列举着一件一件事，像是笔记一样。有不少是在写到一半就戛然而止了。很明显，这不是母亲写好后送过来的，而是她蹒跚着（多半是喝醉了）爬到我位于二楼的房间后坐在那里写的。由于母亲的老年痴呆症越来越严重了，因而很多内容都是重复的。但是，这些文字中所饱含的感情，确确实实是从母亲心里最深处生发出来的，这一点不容置疑。就算我想要安慰和开解母亲，那些感情就像扎根于灵魂深处的癌症一样折磨着母亲，有时候我想，我所写的回信大概无济于事吧。

好几次来这儿，想跟你说说话，但又想着，作为一个已经没多少日子可活的母亲，让还年轻的你不开心的话，我也很难过，所以我就那么回去了。但是我想要告诉你的是，就一件事，今晚如果你不想动的话，什么都不用做就好了，反正保姆或者其他人也都可以做的。这一句话清楚地让我明白，什么时候死对我来说都无所谓了。我果然还是很寂寞很寂寞啊。

你在外面有了别的女人的时候，同情我，也关心体贴我，很温柔。但是一到觉得自己没做什么亏心事的时候，态度又变得很冷淡很冷淡了。

我该怎么做才好呢，你的……（此处中断）

我到这儿来，丝毫没有想要打扰你工作。我刚刚顺着黑暗的夜路散步去了。一边散步，我一边想，其他人家是不是也跟我家一样呢。但是到处都灯火通明，我不由得感叹今天晚上的这一刻真是愉快。

今晚我又来了。我期待着什么时候你能开车带我和孙女出去玩一玩。今晚我好像长高了一寸。我好像稍微有点儿明白，人啊，不管是男人女人，都必须能够一个人活下去。我觉得我过去将你父亲彻三看得过于了不起了。既然我也是一个人，那么我是不是也必须相应地做点儿什么呢？我好像领悟到了：不是依靠彻三活下去，而是依靠自己活下去。

母亲的信中混有两三封没扔掉的父亲彻三的回信：

十二月二十一日深夜三点

对你最近的举动，我羞愧不已，终至伤心。刚刚看了你写的东西，我也切身地感受到了你认为我不爱你，这实在令我难以忍受。不管是以前还是现在，我对你的爱都没有改变。请不要怀疑，世界上我最爱的就是你。

我说出那些尖酸过激的话只是一时之气，我多次忘记你吩咐的事，同一件事过了一分钟就忘了，还要你提醒十多次，这让我感觉身为人之悲哀，以致说出那些粗暴的话来，这都是我个人性格有缺陷所致，但是与对你的爱无关。并且，你由此怀疑我对你的爱，未免本末倒置。我一直忙于工作，工

作中被打扰对我来说是难以忍受的，这时候就算我发脾气，那也跟对你的爱没有关系。（后略）

由于当时有关老年痴呆症的知识还没有像现在这样普及，不管是父亲还是我感觉母亲难以伺候，但其实这只不过是借口而已。我很后悔。比起工作，父亲和我都应该优先考虑母亲的。不是通过文字书信，而是一起陪在母亲身边，握着她的手，贴着她的脸颊，让她安心。

不过，母亲从以前开始就喜欢写信。在我青春期的时候，有一本畅销书叫《少年时代》，母亲非常羡慕，经常写信，这让我敬佩不已。另外，打个小广告，最近我编辑出版了一本书叫《母亲的情书》，集结了父母结婚前的往来书信。如今将其同母亲晚年的书信一起重读后，痛彻心扉地体悟到：母亲真是由始至终都在对父亲的爱中活着啊。婚后父亲似乎出轨了好几次，这段记忆在母亲患上老年痴呆后依然折磨着她。但是，我认为，这里所展示的信对母亲来说并不是羞耻，而是骄傲。

（《零售》，1994 年冬）

ひとり暮らし　067

单纯的事、复杂的事

我曾见识过家里的狗临死时的情状。天上下着雨夹雪，狗身子摇摇晃晃地站着。我想，一旦它倒下去，就再也站不起来了吧。我凑到狗身边去，它也不看我。寻求救助固然听起来不错，但是从它身上完全看不出这种讯息。我觉得，它似乎是在独自拼命地坚持着什么，一旁的我根本无关紧要。

因此，狗之后看起来也似乎走投无路了。我觉得，若我将它带到屋里用毛巾包裹起来送去看兽医的话，对它是一种亵渎，所以我什么都没有做。第二天早上，狗狗吊在茂密的荆棘丛中死掉了。它的脚被荆棘缠住，我费了好大劲儿才把它放下来。

日语当中有"犬死"[1]这样的词语，英语中也有"像狗一样死去"[2]的说法，表达的都不是什么好的意思，但是我所见识到的狗的死法，既不是毫无价值，也不是凄惨无比的。我觉得，所谓死亡，与辞世诗、遗言、葬礼都没什么关系。我相信，不管是什么死法，其死亡的本质是不变的。

我想，人如果也能像狗一样，没有任何想要凸显自己价值的炫耀心理的牵绊，老老实实地迎接死亡就好了。但是上天不会如我所愿，大概是因为我们还背负着精神这样一个麻烦的东西的缘故吧。对其他生物来说很自然的死亡方式对人来说变得不自然，而是被看作一种异常的东西。死亡变成了一个不得不思考的宏大主题，一项必须完成的伟大事业，一种值得报道的震惊事件。

但是，即使想因此而慨叹狗比人幸福也是无济于事的。因为人自有人的死法，虽然其本质是唯一的，但是其表现方

---

① 犬死：日语词，意为白死，死无价值。——译者注

② 像狗一样死去：英文为 die like a dog，意为悲惨地死去、不得好死、可耻地死去、被绞死等。——译者注

式则千差万别，而这种千差万别则丰富了我们的世界，这一点是无可否认的。人类连议论他人的死这种事都可以做出来，狗大概是干不出这种勾当的吧。

读山田风太郎的《人间临终图卷》的时候，不禁感叹人类竟有如此多的死法。有洗澡时死的，有从床上滚下来跌死的，有痛苦得满地打滚死的，有像睡着一样死的，有求死而死的，有临死前仍不断念叨着"不想死"而死的。非凡的人物不一定有着非凡的死法，而就算他非凡地死去，也不能仅以此来评判他的价值。

虽然死后只是一具尸体，这一点亘古不变，但若是临死时能有多种死法的话，那么所谓的死法，到最后的大限来临之前，都只能称为活法了。但是，我也领悟到，与此同时，与死相关的活法也是难以由自己自由掌控的。毫无疑问，正是在这种不自由之中隐含着死亡的意义。

不管我们制订出多么宏伟的计划，我们都有可能突然在今天就迎来死亡。根据《人间临终图卷》，冈仓天心在三十一岁的时候悄悄写下了类似"人生计划"的东西："第一，四十岁的时候成为文部大臣；第二，五十岁的时候转行从商；五十五岁的时候圆寂。"然而，天心于五十一岁时去世。

三十一岁的时候计划五十五岁死，若是五十五岁的时候订立"人生计划"的话，大概会写"八十岁时圆寂"吧。我从天心的例子中感觉到了一种滑稽可笑，让我不由得想要这样开个小玩笑。

如果真心想要计划死亡日程的话，就不应指望命运，而只能选择自杀了。然而，提倡"理性的自杀"并付诸实践的乔·罗曼（Joe Roman）决定于七十五岁时自杀，但由于罹患致命的癌症，而不得不将预定计划提前了十年时间。

她写道："自杀与对自己的人生负责的态度给予自己一个好的结束，这两者之间的区别，正好等同于病态的自杀与理性的自杀之间的差异。"她认为"决定从人生舞台谢幕的意志，与破坏摧残生命的意志，这两者从根本上来说就是完全不同的东西"。对于她的这些想法我的确有共鸣之处，但是不可否认的是，那样处心积虑地计划死亡的做法，不知为何让我感觉有些自作聪明。

与其成为植物人，或者受癌症晚期折磨，或者罹患老年痴呆症成为周围人的负担，死亡或许是一个更好的结果。我们可能会产生这样的想法，但是如果看透了这一层而计划付诸实践的话，你问我这样一死了之究竟是不是人之尊严所在，我没有自信做出肯定的回答。我确信，满身污垢地、肮脏地活着也好，在痛苦的悲鸣中挣扎着活着也好，依赖他人、寄人篱下地活着也好，都是人生可能的形态。

若你相信死是超越人类智慧的某种东西的恩赐的话，不管是过分理性地思考，还是过于讲究地处理，都有可能反而让死离我们越来越远。

人类是因试图管理自然、支配自然而所以为人类的，而死同性一样，恐怕是直到最后都在威胁我们的内在自然吧。但是这种"自然"比核能更加难以管理。

罹患重病的人的死期，可以通过一定的方法预测出来，这是现代医学的好处之一。"知道自己死期的人，往往比不知道自己死期的人活得更好。"我似乎在哪里读到过这样的格言，但是我想，若是知道自己什么时候死的话，人类面对死亡时的处世姿态大概也会不一样吧。

"生死问题虽然是重大问题，但也是极其单纯的事，一旦你放弃了执念就会立马迎刃而解。"正冈子规在《病床六尺》中如是写道。我既没有患上必须做好死亡准备的重病，也没有被宣判死刑，因此是否真的如子规所说，我并不清楚，但是万一患上癌症的话，我想我希望医生能告诉我还剩下多长的生命。因为我想象着比起潜伏在不确定的未来的死亡，眼前的死亡比较不可怕吧。

如果说狗是在自然之力下消极地接受死亡的话，那么人也可以在精神力量的作用下积极地面对死亡。能够预知死期，某种意义上可以说是人类的特权。从出生至死亡，如何生活是每个人的自由。从每个人的生活方式中难以避免地暴露出各自的性格品行，话虽如此，不管是泰然自若地死，还是呼天抢地地死，死亡本身是没有轻重之分的。只是，死去的人给予活下来的人以议论生死的乐趣，对此，活着的人应该感谢死去的人。

子规在后文中接着写道："比起自我开悟，更加直接关系到病人苦乐的问题是家庭的问题，护理的问题。"众所周知，他也曾因"生理上的苦痛引起精神上的烦闷"而想过自杀。而对生活在现代社会的我们来说，在何地以何种方式死去也已经成了一个重大的社会问题，这也自不待言。所以生死完全不是一件"单纯的事"。

伊萨克·迪内森在《走出非洲》中，讲述了一个名叫基托希的土著少年的故事。由于无辜地被白人殖民者雇主鞭打后捆起来关进放杂物的仓库里，基托希叫嚷着："我死了！"

然后在没有对身体做任何自杀式伤害的情况下，竟然真的死了。迪内森在书中阐述道："那是一心求死的意志的作用。……原住民一旦起了求死之心，真的能够致死，多数医生都能够证明这一点。"她进一步做出结论说："基托希的死清楚地告诉我们，当一个人的生命被逼迫到必须寻找到另一个逃避之所的非常时刻，在自己的自由意志下选择逃向死亡，这是文明人绝对无法阻止的野性。"

我们虽然会感动于这样的死，但基本上无法从中学到分毫，这只能说是我们的不幸。

（《新潮 45》，1987.9）

内在的口吃

因为父亲有点儿口吃，所以我从小就不觉得口吃有什么奇怪。父亲是大学教授，上课和演讲的时候貌似都不会口吃。但是在家的时候他就会时不时地口吃，当平时像煞有介事、口若悬河、舌灿莲花地讲话的美男子父亲突然口吃的时候，我不知为何就变得安心下来。电影中看英国上流阶层的讲话方式，虽然听起来偶尔有点儿口吃，但那应该是装腔作势吧。我觉得那是他们利用口吃来假装诚实的一种习惯。

虽然父亲说话口吃比不口吃的时候听起来更有感情，但那可能只是说话不口吃的人的一种错觉。我的心里对说话流利的人有着一种不信任感，这也是事实，是与自我怀疑分不开的。我也是所谓的"油嘴滑舌"的人之一。

但是连我自己的感情当中，我都经常会口吃。这种口吃不是生理上的，与生理上的口吃不同，这种想法和感觉，没有内在的口吃的体验是无法用语言形容出来的。无法付诸语言的这种潜意识里的模糊感，忽来忽去，在这种来去的过程中会咣当一声与现实碰撞，逐渐地形成语言。

这样一来，不口吃的人与口吃的人之间，并没有太大的隔阂。如果我们不是急躁地询问，而是心平气和地花时间倾听的话，那么口吃应该就不是什么大问题。我认为，在繁忙的商务会话环境中成为障碍的口吃问题，在人与人交流情感的情境下，反而会起到积极的作用。正是在这样忙碌急躁的时代，不管是说话还是倾听，都需要更宽裕的时间。

前些日子，我参加了日本口吃临床研究会（Japan Stuttering Project）的一部分活动，我确信没有必要对自己有关语言方面的想法做什么修正，但我也相信这不会导致我轻视口吃所带来的痛苦与烦恼。

[《现在口吃》（*Stuttering Now*），1988.11.19]

不着边际

　　我曾思考过一些不着边际的东西。有一些是一开始就不着边际的，开始思考后也难以梳理出什么条理，最终还是不着边际。这种时候，自己一个人想破脑袋也是没有用的，我们必须和别人交流想法，或者将其写下来。如果你嫌这样做麻烦，那么也许是因为你内心深处的某个地方，隐藏着根本就不想梳理出条理脉络的小心思吧。

　　否定自己和否定世界之类的想法，想得太过清楚明白的话就无法继续前行了。也许是因为惧怕这样的结果而故意在某个不着边际的地方停止思考，然后磨蹭着磨蹭着，最终习惯了这样不着边际的想法。现在我所思考的大概也是这样的东西吧。我思考这样的东西，而且还将之付诸文字，到底有什么用呢？

我不禁怀疑，与其做这些，还不如刷洗脏碗碟更有用呢。自己所写的东西中，不管是诗还是散文，都给我这种感觉，虽然我确实对这些作品缺少一些自信，但原因不止于此。不管是谁，不管他写出多么优秀的文字，对于作品能在何种程度上影响人们的心灵，他都是没有底气的。我觉得，这种现象是超越了每一位写作者的写作能力，与时代变化息息相关的。

就这样，我这样一思考，想法慢慢地变得不着边际。这种想法的根源，是一种直觉，一种毫无根据的直觉。但是，这种直觉比那些似是而非的道理更加紧紧地束缚住了我。只要没有排斥这些想法的强烈感情，或者没有支撑这些想法的乐观态度，这种直觉就如同不知原因的隐痛一样折磨着人。

既然如此，为什么我现在依然坚持写下去呢？是因为自己除了写作之外一无所长吗？是因为长期写作已经成了习惯吗？不管是什么原因，其实现在停止写作也为时不晚，为什么我会做不到呢？在和身边的人谈论日常生活中所发生的各种问题或话题的时候，我感悟到语言是一种很难得的东西。但是，当面向不确定的多数读者时，语言的魅力就会衰减。

年轻的时候，我认为思考都是有结论的。就算是假的结论，只要能推出来的话，就可以安心不少。上了年纪之后所明白的一件事是，思考基本上是没有结论的。我们自以为的结论，不过是为了让自己安心而做出的敷衍罢了。然而，这种敷衍也多半不是毫无益处的。因为在我们由一个敷衍向另一个敷衍演进的生命过程中，真相隐藏期间，忽隐忽现。

（《乡村通信》，1995.4.10）

十吨大卡车来了

　　从玄关进屋的第一个房间是待客间。每逢周日都有好几位客人前来，因而父亲周日都不写东西。我家房子是昭和初年建起来的所谓的文化住宅，只有那间待客间是西式的。打开门进去，有一种烟味与书籍的纸和皮革等混合的与其他房间不同的独特味道。以前似乎是作为书房使用的，但在我懂事的时候，父亲把屋子尽头的一间日式房间改成了书房。书房里有一张大圆桌，周围摆着父亲自行设计后让人制作出来的大大小小的有构成主义风格的椅子。书桌上放着高田博厚雕刻的阿兰头像，除了几个并不大的窗子之外，墙壁基本都被安装的书架遮住了。

在书架上汗牛充栋的书籍当中，最先引起我兴趣的是《世界美术全集》。对不去公共浴池又没有姐妹的独生子我来说，只有在书中才有机会看到女性的裸体了。我瞒着父母慌慌张张地欣赏着以《米洛斯的维纳斯》和《裸体的玛哈》为代表的众多名作。但是，接近青春期的少年的好奇心自然不会仅止于此，这自不待言。为了在与小伙伴的信息交换中不至于输给他们，接下来我又将目光投向了富山房的《国民百科大辞典》。但是充盈在我身上的莫名的心与身的悸动，不仅由于书中的插图过于抽象、正文晦涩难懂而没有得到任何解决，而且未能与我有限的医生扮演游戏的经历完美结合，这真是令人遗憾。

顺便一提，我成人之后才知道父亲喜欢收藏春宫画，虽然不是什么珍贵的东西。父亲当然不会将这些放在书架上，而是放在日式书房的江户末期那个抽屉里藏着。当时的我如果发现了这些东西会有什么反应呢？为了了解现实而首先求助于书籍，我的这种可笑的性格会不会有些许改善呢？尽管多少有些夸张，但春宫画至少应该比《世界美术全集》和《国民百科大辞典》更能清楚明了地帮助我了解现实。换个话题，高中时决定学网球的时候，我第一步是阅读入门书，而不是买球拍。父亲在年轻的时候好像也打过网球，但那本入门书不是父亲书架上有的，而是我自己掏零花钱买的。

除了待客间之外屋里其他的地方还有书架。可以说，家里到处都是书架。直到"二战"结束后又过了一段时间，父亲还没有建造书库，所以不夸张地说，我在家是同书一起长大的。我没有书是贵重物品的意识，现在依然没有。虽然我并没有验证过，但是这种家庭长大的孩子往往对书抱有一种矛盾心理，我也不例外。明明依赖着书，但我同时对书又抱有某种不信任感。那是小学五年级的时候，有个家伙带了本岩波文库的书到教室里，似乎是觉得这样看起来很酷吧。那时我第一次知道书偶尔也能勾起人们的虚荣心。那时候在家里岩波文库本的书籍中我只读过《安徒生童话集》之类的，有一天感冒了请假在家，我从父亲的书架上找出一本莫泊桑的《羊脂球》，躺在被窝里看了起来。但看到一半被母亲发现，一手夺了过去。我不是因为什么目的而选择读那本书的，只是看它比较薄容易看完而已。

高中的时候我被朋友撺掇着开始写诗后，对父亲书架的利用频率就高起来了。那还是书籍不像现在这般泛滥的时代。作为文学青年的友人们会因为发现了一本好的诗集而噢噢地叫嚷起来。那个时候我喜欢岩佐东一郎、近藤东和城左门等人的谐趣诗，而朋友沉迷于中原中也。其中一本积满灰尘的书是《山羊之歌》的签名本。当时我没在意，后来我总算明白了那本书珍贵无比。不久前看了一个叫《否极泰来！火眼金睛的鉴宝团》的电视节目，看到同样一本书被鉴定价值三百万日元，我惊愕不已。现在我把它包上书皮，没有放在书架上，而是和父亲收藏的春宫图一起尘封在起居室的柜子里。

　　父亲去世的时候，如何处理藏书成了一个大问题。最终，西洋书籍都捐给了父亲常年任职的法政大学，其他的书捐给了父亲的出生地爱知县常滑市的市立图书馆了。从常滑市开来了一辆可载重十吨的大卡车，由于无法开到家门口，只好将其一本一本塞进纸箱再用手推车运到卡车里，花费了半天时间。我稍微留下了一些装帧好看以及承载着回忆的书。这之中，比如昭和四年出版的《菲利普全集》也只是留下了第一卷。因为我非常喜欢短篇冒险故事，就像孩子们瞒着父母擅自买来面包、奶酪和葡萄酒去搞野餐的《箱型货车》之类的，非常有日常生活气息。这本书的底页上附有一张非常奇怪的书签，上面写着"书市不景气的时候，请不要拘泥于定价，尽快降价"。定价为一日元七十钱^①，而售价是九十钱。

（《文学界》，1996.10）

---

① 钱：日本货币单位，1日元＝100钱。——编者注

我的生死观

生死观什么的，就算有也没什么用。因为它终究只不过是种观念罢了。在现代，我们已经不可能如观念中那样死去了。大体上，所谓"洞察"生死，所能洞察到的只有生而已，死是无法洞察的；而就算是生，最多也不过是窥视别人的生，自己的生终究是无法洞察的。因为我们的眼睛是朝向外部的。这样的话，剩下的问题就在于如何完美地处理自己的内心与社会的准则之间的关系了。

以前，我们称死亡为"回归自然"，现在这只不过是一种华丽的词句罢了。人死后化成灰被撒在山川田野，或者在棺木中腐朽，这样从道理上说的确是回归自然，但是在现代，由身体死亡至化归尘土的这个过程是非常有人工痕迹的。即使想要回到这条人工的路径之外的路径，也需要大量的人工努力与时间。

人的身体原本就是自然的一部分，所以死后祈愿回归自然也是非常"自然"的，但是由于身体作为一种社会性存在，日复一日地远离自然，所以死后突然说要回归自然也不是那么轻而易举的。甚至还有这种人，他们断然拒绝回归自然，而是选择在冰库中度过来生。饲养的狗年老后会离开家门，在尸体不被人发现的前提下优雅地赴死，但即便如此，想要模仿这种做法也不是那么容易的事。

比起生死观，我更希望自己拥有的是一种生死术或者生死技。它不是什么新鲜事物，可以看作一种处世方法或格斗技术，总之是一种关于如何赴死的技术。这门技术十分难学。由于人在死亡的瞬间都一直活着，生的羁绊将伴随至生命最后一刻。而且临死时的最后一刻所发生的状况都会根据每个人的命运不同而千变万化。我们是很难预知的。连循序渐进地考虑也很难保证准确。所以我就信马由缰地按照我能想到的来写写我的情况。

　　首先是墓地，这个我已经买好了。虽然还没有造好墓，但从我安葬父母的经验来看，只要有了墓地，墓怎么都好说。因为我也不在意设计，所以如果来得及的话就尽快造好，万一来不及的话，大概就用死后的版税收入来负担这部分的费用了。由于父亲在遗嘱中指定自己的墓仅限自己夫妇二人使用，所以我的墓就成了"谷川家"的家族墓地，那么子孙们就要负责守护两处墓了，就很辛苦。虽然不忍，但大概也无可奈何吧。

　　接下来是葬礼。墓地是在镰仓的某处寺院，所以葬礼也在那里举行。我也基本上同现代日本人一样近乎没有宗教信仰，虽然如此，但从我至今出席过的各种形式的葬礼的体验来说，还是佛教葬礼最合适。虽说我喜欢莫扎特和福雷的《安魂曲》，但我不希望用在我的葬礼上。活着的时候我都是用日语说话写作的，所以对于语言不通的西方天堂和地狱，我还是不去了吧，我怕我会迷路。棺材等与葬礼有关的所有细节，也希望遵守相应的习俗规则。因为一直创作自由诗，辛苦一辈子了，最后死去的时候让我轻松点儿，遵循约定俗成的规则吧。

以上是生死术的相对轻松的部分，也就是死后的一些安排，这些由我自己决定好总的原则，之后交给别人处理就行了。但是若不是死后而是"死之前"的话，事情就突然复杂了。一直到死亡的瞬间都可以精力十足地活着，大概是所有人的梦想，但能不能做到就看运气了。我们必须考虑到能够应对现实中所有可能发生的事态的措施。

首先，遗体捐献、器官捐献之类的事我一概不想做。要问理由的话，说来话长，这里就不赘述了。其次，对于所谓的可以延长寿命的医疗措施，我也固辞不受。也就是说，万一发展到了需要考虑尊严死的地步，我会毫不犹豫地赞成让我死。然而这也不会像嘴上说的那么简单。到那时候，我不认为自己能够做出清晰的意志判断，而且具体的身体状况和周围人的感情也各不相同。总之，这会儿我至多只能随性地这样写了。

那么，我应该在哪里迎接死亡呢？这也是一个令人头疼的问题。我希望尽量由自己选择死亡地点，但是万一一不留神晕倒了，别人叫救护车给我送到医院的话，之后就完全是医院说了算了。虽说如此，对一个临死的人来说，若他要求身边人在家里一直照顾他到死也是不可能的。而在以前则无奈只能如此。而如果真心想要自己选择死亡地点的话，那么可能只有只身生活在远离人世的荒野了。但那样做似乎有些本末倒置，毕竟人不是以理想的死为目的而活着的。

这部分的内容主要是在死之前的阶段，话题转向衰老以及疾病，但我不得不省去其详细内容不讲。老病死是我们夫妻之间无尽的话题源泉，我们虽然对包括自杀在内的死亡方式、衰老方式进行了详细的讨论，但遗憾的是，并没有值得拿出来炫耀的成果。因为我们除了能想到"尽人事，听天命"这一普通的俗语之外，没有得出任何结论。但是我们一致认为，现代社会所逐渐丧失的最重要的东西正是这种天命观念。这样看来，也许我们还是需要某种"生死观"。

（《我的生死观》，1994）

五十年之岁月

对出生于昭和六年（一九三一年）的我来说，就算你跟我说"明治维新后"如何如何，我也已经没有任何印象了，"地震后"也是一样。不久前我跟年轻人谈论"战后"，他对我说，现在已经不这么说了，要说的话最多也就是说"奥运会之后"。人好像都无法对自己出生以前的事做出设身处地的思考。这样的话，就让一切都在自己出生后重新开始好了，但这样一来就无法形成历史了。虽然有"自我个人史"这种令人厌弃的词，但这种说法已经明显地暴露出自己小家子气的野心，妄想采取什么手段将自己这种渺小的存在在历史中进行定位。而将其翻译成英语的话，意思则对应着"简历"。

现在是模糊的过去同更加模糊、更加无法确定的未来之间的连接点，而自己正处在现在，回溯过去要回溯到什么时候才能认清自我呢，遥想未来时想象到哪一步才能令自己安心呢，都不清楚，于是我们就想在像鳗鱼一样难以捕捉的时间中的某个地方设定一个界限。一九四五年作为一个坐标，也的确发挥着作用。有事物终结于此，也有事物新生于此。那时我十四岁，我自身是不会一会儿新生一会儿又走向终结的。从一九三一年出生以来，我一直在成长着，就算不想长大也不得不持续成长着。

相较于一九四五年至一九九五年的战后五十年，我更加在意从十四岁至六十四岁的自身的五十年。虽然时代的变化同自身的变化自然是分不开的，但是随着视角的变化，所看到的东西应该也会大不相同。不管从哪个视角来看，比起所能看到的东西，看不到的东西更多，对比一般人更健忘的我来说，在这忙乱的五十年的岁月中，能够清楚地看在眼里的也只有一两个东西罢了。

第一个是位于京都的岛津制作所制造的电路检测器。那是在我上初中，也就是所谓的新旧日元更替的时候。我忘了具体价格是多少了，只记得并不便宜。那是我缠着母亲买来的。在其贝克莱特酚醛树脂的配电盘上，装有圆形的仪表，可以测量电流、电压及电阻。我并不是有什么需要测量的东西。只是因为在自制收音机的时候，电路检测器是必不可少的测量仪器，所以不管怎么说都想要一个。"二战"时有一个"探索科学之心"之类的宣传标语，但在我看来，电路检测器与科学毫无关系。只是因为它的外形和功能莫名其妙让我感到快乐而已。

在这五十年中，电路检测器没有发生什么变化。至多不过是现在变成了塑料盒子，拥有同当时一样的功能，变得更小更便宜了，在业余木匠那里就可以买到。而且现在有了一种新型的电子万能表，上面既没有圆形仪表，也没有指针，只在长方形的窗口处显示着一串数字。我虽然也有这种万能表，但并没有充分有效地利用它，这一点，同五十年前没什么变化。从十三岁开始，我就没怎么培养什么"探索科学之心"。

在一家已经关门不做生意的店里，我见识到了驻日美军带来的便携式收音机。在昏暗的玻璃橱窗下，它被小心翼翼地拿出来。当时我从疏散地京都返回东京，上旧制初中三年级。收音机价格自然贵得我买不起。我就那样诚惶诚恐地看着这个小而精致的收音机，叹息不已。其实进到那家店本身就已经让我感到内疚了，因为那是一家黑店。如今回想起来，那款收音机可能是美国广播唱片公司（RCA）的胜利牌模范54B1（Victor Model 54B1）型。当然那时还不是半导体收音机的时代，而是可爱的电子管闪着微弱红光的电子管收音机的时代。

我开始收集缺少的零部件来自制收音机。驻日美军广播电台（FEN）在东京有一个 WVTR 的无线呼号。我经常收听在"好莱坞碗"举行的音乐会实况。然后我也开始写诗了。

乌云低垂

从处在暴风雨前夕的加利福尼亚

传来连绵不断的电波

（蓝天、高楼以及柠檬的香味）

四十多年后，我这样写道：

从古旧的收音机中隐约听到人声

那声音是古旧收音机尚新时

是无论如何买不到手的

尚在少年时的我自己的声音

　　经过了几十年的空白，我如今又对电子管收音机充满了孩子般的兴趣。很多跟我拥有共同爱好的也都是跟我相同的年纪。回过神来，发现自己也成长为买得起当初艳羡的收音机的身份和年纪了。这种怀旧之情究竟为何呢？对我来说，少年时代的岁月是令人讨厌的，而我也不至于老好人似的认为二十世纪四十年代后期至五十年代的美国是一个多么古老而美好的国家。当然，对于技术我也没有陷入一种怀古情绪中，觉得模拟技术比电子技术好什么的。这样一来，我最终只能将这归结为五十年的岁月带来的作用了。在这里，时代的变化与自身的衰老以一种难以分割的方式结合在一起，让人稍微变得有点儿疯狂。

（《战后五十年与我》，1995）

我的『生活方式』

　　我平常穿衣服时，夏天多穿衬衫，冬天多穿毛衣加牛仔裤。夏天天热的时候，参加一些不怎么重要的会时，我不换衣服就直接去了。虽然我也认为只要穿着整洁就不会显得不礼貌，但我之所以这样随心所欲，大概是因为我从事着一份不隶属于任何组织，不受身份、等级关系束缚的工作。虽然我也把持着一定的原则底线，但有时候也会对自己穿衣的随心所欲产生一定的内疚。对于穿着能在多大程度上反映一个人的生活方式，这不好一概而论。就我自身来说，不知从什么时候起我就不穿西装、不系领带了。至于穿无尾晚礼服和燕尾服什么的，光想想，身体就刺痒痒的，不舒服。

我讨厌穿一些瘦紧的衣服，这不光是身体上的需求，还隐含着心理上的需求。不想穿瘦紧衣服的心情，可以说其实是不想受制于某个拘束的组织。我不喜欢那些充满繁文缛节的仪式，所以只要进入那些穿着西服甚至是无尾晚礼服和燕尾服的某种社交场合，我就会因好像装成一个与平时的自己不一样的人而感到羞愧，就感觉似乎是对西方的拙劣模仿。最近在日本将无尾晚礼服穿得很合体的男士也多了起来，他们的穿法不是对西方的盲目模仿。因此我的感觉里大概也存在着一些时代性的错误理念，这一点我承认。对将战后的废墟与黑市看作一种原生风景的我来说，我深深地相信，同是外来事物，原本即为劳动服的牛仔裤更加与自己的脾性及身体相契合。

话虽如此，和服外褂和裙子对我来说也是穿不了的。从小就一直被要求穿西式服装的我，到如今突然让我穿和服的话，又让我感觉是在扮演明治时期的男子，这也让我感觉不舒服。那么我就这样被夹在西方与日本之间，左也不是右也不是，只能依赖牛仔裤活下去了吧。牛仔裤如今受到了世界人民的欢迎，只要穿着牛仔裤，也许就能让我意识到自己是世界市民（？）的一员。生于明治时期的父亲在家里穿和服，外出的时候会很正式地系上领带，所以貌似对我的穿着问题一直很头疼。父亲不穿牛仔裤，但喜欢穿宽腰窄裤管的劳动裤，我喜欢父亲穿劳动裤的样子。

穿着在不知不觉中反映着一个人的生活方式。但是现在我们慢慢地难以凭穿着来评价一个人了。就算是内阁大臣在家也会穿牛仔裤，而无业青年同样会穿牛仔裤。对于一个穿着牛仔裤的人，仅凭他穿着牛仔裤是不能判断他从事什么职业、处于怎样的社会地位。如果将"生活方式"中的"生活"解释为内容，"方式"解释为形式的话，那么可以说形式表现内容的时代正在慢慢逝去。如果说仅凭形式难以判断一个人的生活方式的话，那么我只能认为现代人的生活方式隐藏在更深的地方。

嬉皮士曾经代表着一种生活方式。但我想那时候应该没有人认为上班族代表着一种生活方式吧。也许是因为嬉皮士是自己选择成为嬉皮士的，但上班族的话，当然也有自己选择成为上班族的例外，但与自己选择成为嬉皮士还是稍微有些不同吧。这样的话，莫非人们是将以自身意志选择的与大多数人不同甚至是对立的生活方式才称为生活方式吧。也就是说，生活方式是新的生活方式的别名。现如今也有着高举环境保护旗帜的一群人，也许可以将他们的活法称为一种生活方式。但是，在我们心里的某个地方，不是也隐藏着一种"就算是他们也不过是一丘之貉而已"的想法吗？

如今的日本社会，单就穿着来说，看起来就有各种各样的生活方式共同存在着。但是很多人会隐隐约约地怀疑：眼睛所看到的形式里面的内容该不会是令人意外地整齐划一吧？生活方式正是因其自由选择性才配得上其生活方式之名。但是，在丰富多彩的现代社会，恐怕大部分的人都认为，不管选择怎样的生活方式，其目的都是一样的。但是，如果我们仔细观察每一个人的话，我们所认为的整齐划一的内容却不是整齐划一的，而是充满了难以用语言形容的混沌。

长野奥运会的获奖选手原田的绰号是"微笑的原田"。确实，从电视上看，不管是胜是负，原田都是笑眯眯的。当被问道："为什么输的时候也在笑呢？"他回答说："这是我的风格。"但是据说他的妻子注意到了他的笑容的差异。"从心底发出来的由衷的笑容、可憎的笑容、乐观的笑容，它们之间有着微妙的差异。"就眼睛所看到的微笑这一形式的内容，会根据时间的不同而各有差异，当摘得团体组金牌时，原田的"微笑风格"崩溃了，他哭了起来。那一刻，我们读懂了原田原本隐藏于其独特风格之下难以判断的心，感动不已。我们愿意肯定地理解原田风格的崩溃。

风格这个词，我们好像理解，但实际上并不理解。在美术上称为格调，在文学上称为文体。例如在读一本小说的时候，我们会追随着情节，沉醉于描写。但是同时，不管有没有意识到，我们也在理解着其文体，而文体是比情节和描写更加难以表述的东西。但是我相信，一本小说的真正价值正表现在其文体上。那么，文体所表现的究竟是什么呢？我找不到一个合适的词来形容，若是用一个激进的词来形容的话，我认为应该是作家的生活态度。

文体也许是一种形式，肉眼却难以发现。但是其中隐藏着作家生活的形式。说到生活方式的时候，现如今我们是不是可以说其风格同文体一样越来越难以发现了呢？虽然难以用肉眼发现，但我们可以用心来感知，从中发现他的"生活作风"。有时候我们会排斥它，有时候会为其所鼓舞。活着本来是无法通过形式来理解的。就算我们一股脑儿把所有与活着有关的杂乱因素塞进一个容器里，活着的能量也往往会从那里显露出来。但是即便如此，我们每个人依然想给活着赋予一种一以贯之的形式。

以前的市场行情决定了奔驰车是富人或者富家子弟开的。但是泡沫经济崩溃以后，奔驰车在街上随处可见。有些年轻人就算住着四畳半的公寓①也会开着一辆奔驰车。这时我们可以说是年轻人根据自己的价值观与喜好做出了一个选择。住着四畳半的公寓，开着奔驰车，这至多只能说是他全部生活方式的冰山一角，我们在活着的每一个瞬间，不管是否意识到，都在做着构成自己生活方式的大大小小的选择。

我认为，所谓生活方式，不正是这些选择的联系以及由此自然显露出的比"活法"更深层次的一个人的"生活方式"吗？选择当中，既有无所谓的选择，也有关系到一生的重要选择，或者更准确地说是决断更合适。既有被迫的选择，也有美的选择，当然还有伦理上的选择。偶尔还会有反复迷茫之后的选择、自己都没料到的选择，变成行动表现出来。其

① 四畳半的公寓："畳"同"叠"，"畳"是日本计算面积的单位，就是一张榻榻米的大小。一畳约合 1.62 平方米，四畳半约合 7.29 平方米。"四畳半的公寓"常用来象征年轻时代的贫穷生活。——编者注

行动与所说的并不一定一致。但是在其他人看来，这表现出了他的品性。作为这样一种人，也就是既不属于某个既有的形式，也不属于某个集体，而是非常个体化的一个人，我认为需要对我们现如今正在逐步丧失形式的生活方式进行反思。

（《现代日本文化论5·生活方式》，1998）

一个人生活之辩

　　我现在一个人在东京生活。虽然户籍上写着没有家人，但儿子与儿媳以及两个孩子就住在隔壁，我们时不时会一起吃饭，所以也可以说我们组成了一个松散的家庭。但是现在的我，不管是经济上还是在日常生活上都可以做到自理，潜意识里觉得还是将自己看作独自一人更合适。从人口统计的角度来说，我现在算是独居老人吧。必须注意预防火灾。

　　朋友当中也有很多人一个人生活。比如说丈夫已经去世的九十多岁、八十多岁、六十多岁、五十多岁的女性，宣称已经不需要男人只要小猫就行的三十多岁的女性，以及与之相反的虽有结婚意愿但与父母分住在同一栋公寓的楼上楼下一个人生活的女性，等等，这些人的共同点是已经不依靠别人或亲属而在经济上实现了独立。到了可生育年龄的女性，虽然在生孩子上尚留有一丝犹豫，可一旦体会到了一个人生活的潇洒自在，也许就会嫌与别人一起生活很麻烦了。

看看周围的男性朋友当中，一个人生活的似乎比较少，但家庭构成也是多种多样。当然有夫妻加上一个或两个孩子的标准家庭，也有只有夫妻二人的家庭。还有孩子已经独立生活的夫妻、决定不生孩子的丁克家庭、想要孩子但无法生育的夫妻等家庭形式。观察他们这些家庭的情况，虽然他们以夫妻的形式组成了家庭，但实际上更多地让人觉得就是男女两个人共同生活在一起。

可能也是因为我是独生子，我年轻的时候抱有一种理想的家庭观念。我想起以前围绕"什么是人类社会的基本单位"这一话题同画家朝仓摄进行过交流。我主张人类社会的基本单位是一对男女，朝仓先生对我说，虽然家庭也是一个基本单位，但是最基本的单位是个人。现在我更倾向于朝仓先生的意见。有些人得益于拥有两个孩子，虽然重复犯了不少错，但过了很长时间的家庭生活，老了以后一个人生活，这一点儿也不稀奇。虽然不能说我完全抛弃了曾经对白头偕老的夫妻生活的憧憬，但至少我已经决定了，今后想要尽量一个人生活。

到了如今这个年纪，我也终于意识到，对男人来说，家庭的基础往往在于恋母情结。对于家庭的理解，且不论对错，相较于互相依赖、互相依存的家庭而言，我更倾向于认为家庭是由宽松的纽带而联系在一起的个人的集合。纵使血脉相连，纵使共同立下结婚誓言，对除自己之外的人来说，都可以将其看作他人，这样的时代已经来临。

（《家庭朝何处发展？》，2000）

遵从自己的身体

孩提时代被人说体质虚弱，很容易就感冒发烧。虽然做手术切掉了扁桃体和腺样体，但没什么效果。进入青春期后，我的身体变得结实起来。当然如今也会感冒什么的，但没有大病。自从做了腺样体摘除手术之后，也没有再住院了。虽然我并不信仰宗教，但总觉得应该为自己拥有健康的身体而感谢某位神明。

但是衰老也还是会光顾这样的我。从以前开始我就不怎么运动，也不酗酒，也基本没怎么熬夜，所以跟年轻的时候相比没有体力下降的慨叹，但是四十岁之后出现老花眼和散光等毛病，牙齿也是一副惨不忍睹的样子。如果我说对老花镜和假牙没有丝毫抗拒就接受了，那是骗你的，但是我心中想要抗拒衰老的想法还是很淡的。老年自有老年的乐趣，我想尽可能地享受这种乐趣，这种心情更加强烈。当然，所谓享受老的乐趣，不是指身体上，而是指心理上。

有些人老了以后变得脾气暴躁，也有人老了以后变得从容不迫。不知是得益于身体健康，还是因为人生告一段落之后各种压力消减，我感觉自己随着年龄增长性情变得中庸起来。年轻的时候在意的东西现在变得不在意了，年轻的时候千方百计想要得到的东西现在也变少了。我觉得上了年纪后自己变得比以前更加自由了。但是，这也许是因为感官能力退化了，也许是因为情绪变得波澜不惊了。

不管是哪一种情况，由于死亡的临近，这些都不是什么大事了。我讨厌死之前经历痛苦，折磨着亲属和他人，但我认为死亡本身并不是什么坏事。虽然告别这个世界会让人感到寂寞，但同时我对人死之后会变成什么样也抱有一份好奇。如果你问我对于未来有什么期待的话，我会回答说希望精神健康地死去。虽然是很自私的想法，但我不大客气地觉得，上了年纪，这种程度的任性还是能被允许的吧。对于子孙的将来，我也不是不在乎，也打算为此做一些力所能及之事，但对于人类的未来这样夸张的命题，我没怎么考虑过。与其考虑那些，我更想珍惜之后每一天的日常生活，虽然这也并非易事。

不知谁这样说过，比起婚礼更喜欢葬礼。葬礼的概念里没有未来，只有过去，所以轻松自在；婚礼的概念里没有过去，只有未来，所以连忙里偷闲都不能。老年的一个好处是，你会逐渐地觉得社会免除了自己很多的责任义务，虽然这是一个缓慢的过程。你不需要再为别人贡献什么了，自由地享受余下的人生就好。这样想是老人的特权，但也有人认为这是一种痛苦。因为这意味着你必须接受孤独一人的境况。可能对我来说，老年的一大课题是，就算不被他人所依赖，自己是否能够保持着源自心底的对于生的欢喜。反正都会老，我希望自己快活地老。

由于保持着健康的身体，一直以来都没怎么特别在意自己的身体，但是最近开始在意起来了。身体与心虽然在语言上有所区别，但原本是无法区分的。随着年龄增长，与其说是心控制身体，不如说身体控制心的程度更大。话虽如此，我也并不是要积极地践行什么养生方法，也没有特别注意饮食。只是，身体会自然地寻求充分必要的东西，会逐渐地排斥多余的东西。饮食如此，读书、获取信息也是如此。与其增加不如削减，与其多余不如稍有不足。这是身体所教给我的，而心也遵从着这些。

我认为拉屎撒尿是活着最终极的现实。也许衰老就是从观念和幻想中解放出来，坚定不移地赤裸裸地活着。

[《泰山》（*TARZAN*），2001]

　　三个一并排着，不知为什么感觉被推到了起跑线前。好像听到一个激动的声音跟我说："将自己的一切重置，重新开始吧！"但我已经不再年轻了，无法重置。就算你提醒我新世纪到来了，我的心情也并没有因此而焕然一新，也不想焕然一新。

　　正月已经到来了近七十次了。屠苏酒、什锦年菜、煮年糕、踢键子、放风筝、玩和歌纸牌、蒙眼摸像、红包，这些我基本都经历过，但在那些时时刻刻，我并不记得曾重新考虑过什么，或者重新下定什么决心。"一年之计在于元旦"，我知道这句格言，但并没有依言行事。我不擅长订立计划，一直是随性地开始了一年的生活。不仅限于一年，整个人生都是没有计划的。不回顾过去，也不展望未来，只是活在当下。这是我孩提时代的一贯做法，长大成人之后也是一直按照孩提时代的做法而走到现在。

虽然还不至于说是订立计划，但是如今我也开始思考过去和未来了。对于过去，想破头也不能改变什么，只能耿耿于怀，或者释怀了以后沉静下来。不只是因为我只活在当下，或者说是被生活追着往前赶，还因为过去的我不懂沉静和痛切的味道。但是近来我的味觉似乎也变得敏锐起来。在思考未来的时候，也不能不借鉴过去的酸甜苦辣。这样一来，当下也开始有了与之前截然不同的复杂味道。随着年龄增长，品味日多，会不会成为美食家呢？

"我活着，我爱过，我死了。"忘了这是谁写的诗中的一句话，还是谁的墓志铭，总之有个西方人这样总结自己的一生。我虽然也为其简洁而感动，但也不免疑惑：像这样忽视自己人生的细节真的好吗？这样不就太没有意思了吗？我知道，如果仅仅拘泥于日常生活中的琐碎小事的话，思想和观念都无法宏大，也不会深刻。但随着年龄增长，我认识到用心感受到的、用身体实践出来的东西比用脑子想出来的更加重要。即使那里不是终点，也至少是一个起点。

去年年底，我和几个朋友以及一家出版社的编辑计划出版绘本。我想将日常生活中突然感受到的小确幸以画、照片配以简洁文字的形式一个一个地列举出来。比如说，早晨起床的时候闻到的炊饭香味，捡到的东西修一修还能用，跑上山顶后视野豁然开朗望得到大海，吃着地里长熟后摘回来的西红柿，和同一天生日的朋友照大头贴，诸如此类。我们希望读者能注意到这些稍纵即逝的小确幸。

我们所计划的这本绘本，既没有完整的故事，也没有什么戏剧性的情节，却得到了包括国外在内的好几位画家、摄影师的主动帮忙，我很惊讶。不禁让我觉得，谁都想要感受这些小确幸，谁都在探求着这些小确幸，如今正是这样的时代。也许有的人是因为失去了支撑生命的理想和未来的蓝图，而不得不依赖于这些瞬间的感官上的小确幸，但正如释迦所说"生活就是连续不断的四苦八苦"，所以不管是多么微小的欢愉，人们都孜孜以求。这一点，恐怕成人比孩子更甚。

生之欢愉这个词，是我年轻时从法语而非日语中学到的。

不知道是电影还是小说中看到的，当时觉得不知为啥有些刻意的可憎，可能是因为当时尚处于那些初次体验到的快乐和乐趣俯拾皆是、唾手可得的时期吧。如今的孩子们和年轻人是什么情况呢？生之欢愉与快乐、乐趣不同，无法用金钱买得，也无法从别人那里获赠或抢夺，是从生命的源泉中涌现出来的，因而无法订立计划。我所祈愿的是，无所谓悲伤痛苦，在不失去生之欢愉的前提下活到死。然而在如今的时代，这也是相当困难的事。

（《读卖新闻》，2001.1.1）

二十一世纪的第一天

二十一世纪的第一天早上，我朝飞翔在天上的老鹰扔了一根牛骨头。骨头陡然地从空中掉落下来砸在我的左脚指甲上。痛！蓝天上的太阳炫人眼目。

科学家说真空并不是空无一物，同时他们也谈到了既没有时间又没有空间的"虚无"。我觉得，在意这些是无可奈何之事，同时，我也能理解，探究这些概念也自有其乐趣，欲罢不能。

旁人不知道，对我来说，二十世纪最重要的事是我降生到这个世界了；而二十一世纪最重要的事是我将要离开这个世界了。

到了晚上，我将冰箱里的伏特加当成了深海水直接对着瓶嘴喝了。拜其所赐，梦都没做就直接睡着了。

（《广告批评》，2001.2）

说文解字

空

　　"空"这个词从很早以前就频繁用于古诗中，但在日常生活中却并没怎么用。虽然我经常抬头仰望天空，却是用一种与农民、渔夫完全不同的方式。我并没有将天空当成一个物件来看待。天空与自己的生活无关。因此，我倾向于将天空看作一种抽象的东西。蓝天蓝色的浓淡，飘动的白云，各种各样的晚霞……天空一直都很美，但也一直慢悠悠的，令人着急。因为我一边想要同天空融为一体，一边也清楚地明白这只是一个无法实现的梦想。

曾有一段时间我将蓝天看作一个夺走了自己一切的敌人。"在我头顶之上有我唯一的敌人／那就是干爽的蓝天／它夺走了我的一切／我追赶它／开枪射它／就算我爱它它依然不断地掠夺／蓝天最后一次掠夺破坏的时候／就是我死的时候／如今它再也从我这里夺不走什么了／我此时第一次不畏惧蓝天／不畏惧它的沉默和无尽的蓝。"（《比利小子》）这与其说是实际的情感，不如说是一种观念，我没有将当时流行的西部剧看成人与人之间的戏剧，而是将其看作人与宇宙之间的戏剧。我认为，枪手们抗争的并不是社会秩序，而是宇宙的虚无；开拓者们所要构建的家庭，是他们对抗虚无的堡垒。我想从宇宙的无尽中看清人生的坐标。我当时并没有从美洲大陆原住民的视角来看待。直到很久以后，我才了解到他们所持有的与自然共生的智慧，以及与宇宙和谐相处而非对抗的智慧。

　　如今我也和一般人一样地看着天空，感觉天空的时间同我所生活的现实世界的时间擦肩而过。但是头顶上有天空这一事实一直让我感到安心，这是事实，而也许这种安心在某个地方同我的死相结合。"虚空"是我喜欢的词，我也喜欢将"空"读作"KU"。我死之后也会回归大地吧，这同融入天空是一样的感觉。也许虚无已经不再是我的敌人了。

　　十八岁的我写道："越过花儿 / 越过云朵 / 越过天空 / 我一直在向上攀登。"在那里，"我和上帝 / 窃窃私语"。而六十岁的我这样写道："因为一天不是仅由晚霞构成的 / 因为在那之前不可能傻站着活下去 / 不管它多么美丽。"我愿意相信，在这两首诗之间，有我这些年经历过的岁月，而另一方面，我也不得不承认，诗的好坏与作者的成熟与否没有关系。

星

我对天文学知识一窍不通。我不知道星座的名字，也不知道北极星的位置。前几天我在朋友的家里见到了天体望远镜，但我不知道怎么操作，连月亮都没看到。不仅限于星体，就连具体的细节知识我也是一概不知，这是我的一个弱点。我的长处可能是有不依赖知识的直觉吧。就算我一点儿都不了解星体，我还是能感受到星星的意义，或者无意义。这样想来，知识是不必要的。正是因为我有这样的想法，才促成了我写诗。在我看来，星星虽是具体的物体，但同时也是我们人类命运的一种象征。我就是在这样的意义背景下使用"星"这个词的。我虽然不讨厌摆弄机械，但怎么也不会相信自己是相信和依赖科学的。科学受到真理的影响，而真理是依靠分析而明晰起来的，仅仅依靠科学所教给我的知识，我是无法活下去的。

年轻的时候我喜欢将地球看作一颗星星，也好几次这样写，但如今我觉得，这种类似宇航员视角的看法，对于生活在地上的人类是不合适的。"宇宙是没有感情的／因此星星才看起来如此美丽。"（《三色堇》）几年前我写这首诗的时候，并非站在宇宙的角度，而是站在人类的角度。因为我清楚地知道自己是无论如何触碰不到星星的，所以我将其看作一种观念，看作一种抒情的工具。若我更加深入骨髓地理解其难以企及这一现实，那么我必定只会看到星星映在我眼中的巨大轮廓与耀眼的光芒。尽管也有人认为那是缺乏想象力的结果。

朝

　　对于一日之始的早晨这个时间段，我经常在作品中提及，而且早晨大概也是我经常使用的词语之一。通过统计各种词语的使用频率并进行比较，可以推断出诗人的性格，这是一种让人感兴趣的方法，但我没有耐性自己做这种工作，所以此处仅就自己所能想到的来举几个例子。

　　"清早的街道云量约为九分"（《灰色的舞台》，一九四九年），"早晨的空气寒冷凛冽／不接受任何妥协"（《朝》，一九四九年），　"我在等待一个如弓般的早晨／在阴沉的傍晚在窗口的祭坛我在等待一个如弓般的早晨"（《如弓般的早晨》，一九五一年），"晨光的喜悦与睡醒的痛苦"（《十四行诗7》，一九五二年），"请把昨天早晨还给我"（《十四行诗42》，一九五三年），"白日里蓝天编织着谎言／当夜晚把真相呢喃之时我们却已酣然入睡／第二天早上所有人都宣称自己做了一个梦"（《十四行诗45》，一九五三年），"当我们只是手牵着手相对默然无语之时／新的一天的早上来临了"（《一日》，一九五五年），"早上是说着早上好的所有的唇舌／早上是运送着瞌睡的心的所有的脚丫"（《朝》，一九五五年）。

　　我从早期的作品中摘出了这些例子，继续这样做下去的话，是否会发现潜藏在自己身体里的什么东西呢？对此，我没有什么信心。我只是把那些时刻与早晨有关的联想付诸文字而已，当形成文字之时，现实的早晨对我来说已经向着某处消失不见了。以前我曾写过一篇名为《33个问题》的文章，把它发给朋友们要求他们作答，其中第十七个问题是这样的："请描述你心目中理想的早晨！"

　　对于这个问题的回答，如果不考虑细节的话大致可以分为两类：一类是觉得早晨醒来是一件愉快的事，另一类是觉得那是一件痛苦的事。平时工作需要花费大量精力的人会感叹"早晨真的不想起来啊"，而夜猫子则会说"早晨一睁开眼就想着今天做点儿什么好呢，这样一想就高兴得不行"。作为提问者，我也屡次对这些意料之外的答案惊讶不已。

年轻的时候我不知道，现在的我不觉得早晨是愉快的。我想尽可能地赖在床上迷迷糊糊地度过余生。但是，我并没有将这种对现实中的早晨的单调情绪掺入诗歌中。"那些重复的东西为何一直让人耳目一新呢？／不管是熹微的晨光还是你迷人的微笑。"（《晨光》，一九九三年）情绪归情绪，我也承认这种认识同时是我的感受。这些千篇一律而又难以把握、暧昧而复杂的情感与认识，如果不在诗句中出现的话，诗的魅力就要大减吧。

花

我绝不是想要自夸，在我的作品中，很少出现具体的花的名字。这当然是因为我对花名知之甚少。在我早期的作品《山庄通信》中虽然出现了麝香萱、蓟、地榆、黄花龙芽、紫斑风铃草等花，那些都是我小时候每年夏天都会去的群马县的高原上开的花，就算我不喜欢也在不知不觉中记住了它们的名字吧。我曾经写过一句"无名的野花"，朋友看到后不满地说："所有的花都有自己的名字！"

取名这种行为是爱、关心以及敬意的体现，而名字与实体之间又是难以分割的关系，所以取名这种行为也确实促成了语言的本质之一的形成。我们为眼前这一朵花的精妙绝伦的美所震惊并感到敬畏，然后给它取了名字，这种行为在我看来，某种程度上是对自然的一种亵渎。通过没有节制的取名，人类发现自然以及宇宙的秩序，甚至想要支配这种秩序，而另一方面，对于无法取名、无法语言化的事物的畏惧心理也时常隐藏在我们的内心深处。而诗歌也通过新的取名来发现一种不同于科学的认识世界的方式，但是同时，诗歌里面也潜藏着希望回归语言出现之前的状态这种无法遏制的愿望。这样说，是不是只是一种借口呢？

在感受花之美的时候，只需要"花"这个集合名词就够了。这同观赏星星的时候不需要天文学的知识是一样的。不管每种花之间存在怎样微妙细腻的差异，我们的感官对这些差异并不是迟钝的，喜欢的花与讨厌的花之间也存在差异。但是不管你怎么努力记住花的名字，都会立马就忘。但是我们会慢慢地记住野菜的名字。因为这些野菜会因为极微小的差异而或能吃，或有毒。我不仅需要用眼睛观察，还通过食用、用整个身体与之产生联系等方式来感受。这一点不仅适用于花，也适用于我与别人交往的过程中。我觉得，只有通过与每个个人而不是人类整体产生交集，我的语言文字才能够与现实相抗衡。

顺便说一句，跟华丽的花瓣大的花相比，我更喜欢小而朴素的花。而且，比起修剪过的花，我更喜欢野生的花。

生

能够将活着与生活区分开来，是在我青春期的时候。抱有这种观念到底是幸运还是不幸呢？如今的我认为，活着是不可能从生活中分离出来的。现实不只是构成或者束缚住生活的各种各样的事实，生活的深处还隐藏着活生生的活着的现实。剥下生活的衣装，面对赤裸裸的活着，这虽然是令人恐惧的事，却也是甜美的事。不过，也许大部分的活着，都不允许这种意识的介入。"活着真好"这种通俗的感慨，有时候听起来有点儿蹊跷，有点儿害羞。因为我们清楚地知道，活着的感觉并不是像这样的只言片语就可以形容的，并不是这样柔弱而浅薄的。在我看来，真正的活着更加沉默得令人害怕。

我的作品中有一首诗叫《活着》，它出乎我意料地受到众多读者的喜爱。可以说，在这首诗中，我将活着的感觉置于现在的一瞬间来寻求，基本上无视了过去和未来。也就是说，人类拥有从历史中过滤出来的可以说是一瞬间的各种时刻，而诗歌基本上就是属于这些难以被称为时间的瞬间的表现形式。从日常生活的眼光来看，这些瞬间都是非现实的，但是我们正是被这些瞬间所激励着活过自己长长的一生的。"我现在活着"这句没有任何主张的话，听起来像拥有某种力量的断言。因为意识到时刻都在流逝的"当下"，也是意识到历史的一种方法。

134　　一个人生活

我在联想着作为血肉至亲的父亲的前提下使用"父亲"这个词，是在父亲去世之后。在《父亲的死》这首诗中，我第一次将现实中的父亲写进作品中。但是，从快满二十岁的时候起，我将父亲看作家长、母亲的丈夫或者是一个男人。但是这些仅限于现实生活，虽然在杂文中略带幽默地对父亲进行过描写，但从来没有想过将父亲与诗联系起来。之所以能够毫无顾虑地写父亲，大概是因为这种禁忌一般的概念已经成为过去。当然这之中我也有我自己的一些想法。父亲去世后，我似乎终于找到了与父亲之间合适的距离感。原本父亲和我的关系就如我开玩笑地说是"君子之交"那样，没有激烈的对抗也没有戏剧性的发展，是非常平淡的。但在父亲去世后，我确实有一种解放了的感觉。

年轻的时候，我写过一般意义上的父亲，而不是作为血肉至亲的父亲。我写的是一夫一妻制前提下家庭内的男人的形象。那只不过是一种缺少对父亲怀有真情实感的抽象意义上的理念。但是，我的第一个孩子出生后，一种令我自己都意外万分的强烈的父亲的感觉向我袭来。比起对自己父亲的感情，自己成为父亲时的感情更加强烈，更加深刻。我将这些感情的一部分写成了《父亲的歌》这一系列作品。这些诗后由小室先生等人作曲，其中的《孩子在酣睡》["为生活"（FOR LIFE）唱片公司发行 / 番号 FLCF-29088]成为我最难忘的歌之一。

母

母亲身材矮小，三十四岁的时候生下了我。母亲嫌生孩子时的姿势太过屈辱，所以以剖官产的形式生下了我。据说做手术的时候，爸爸坐在医院的走廊里玩悠悠球。当时父亲好像不想要孩子，但是我的祖父坚持想要看到孙子出世，托祖父的福我最终得以荣幸地成为人类的一员。祖父是政友会的代议员，母亲成长于当时来说比较自由现代的家庭。据说母亲曾偷喝过学校教堂里的酒。与父亲不同，母亲很能喝酒。母亲晚年患上老年痴呆后，我要花好多心思来藏酒。母亲是一个玩世不恭的理想主义者。由于从小就是家里的掌上明珠，没怎么接触过社会，所以她偶尔会说一些让人觉得伪善的话，但总的来说还是贤妻良母。而且，她至死都深爱着父亲。她钢琴弹得好，唱歌也很棒。

我是独生子，偏爱母亲，但在诗中很少提到母亲这个字眼。至少，具体地联想到自己的母亲而使用母亲这个词，是在母亲老年痴呆以后。即便是这个，可能我也是将其看作一个老年痴呆的人，而不是自己的母亲。以初恋为契机，我计划着摆脱对母亲的依恋，但是最终并没有从所谓的恋母情结中解放出来。对于女人或者妻子，我一直期望着从她们身上索求母性。现在我终于做到可以稍微审视一下那样的自己了。或许，我一直试图隐藏母亲这个词，或者畏惧着这个词。对我来说，母亲究竟是什么呢？对于这个问题，如今的我依然不能解答。

在自己有关母亲的作品中，我最喜欢的是和正津勉先生合著的《对诗》中收录的《卖掉母亲》这首诗。这是以我现实中护理母亲的经历为基础创作的，可以说是近未来 ① 小说。这部作品中我的感情是非常曲折的。

---

① 近未来：意为从现在开始不太远的未来。——编者注

人

　人类、人、人们、智人，这些不同的称呼各自的语感也是不同的，而且也会根据语境的不同而变化。比如"人类在这小小的星球上／睡觉起床然后工作"（《二十亿光年的孤独》），"啊／太傲慢了／智人／你太傲慢了"（《祈祷》），"年轻的树和人的身影／有时在我身上合二为一"（《十四行诗49》），"我来了／作为一个在人群中／做着梦的人"（《塔玛拉伊卡伪书残阙》），"不再能忍受反复歌唱同一首歌的无聊／人类这种生物"（《北轻井泽日记》），"返归真我后我也成了难以对付的人中的一员"（《杂草之绿》），"再厉害的人／都要拉臭臭"（《臭臭》）。

面向自身之外的视线，随着年龄增长会逐渐转向自身内部。这不是由自己一个人在脑子内部完成的转变，而是日常生活中与身边的他人的交流过程中反复冲突与和解的结果。有的冲突再也不能化解，而和解能持续多久也不是确定的，但是如果不通过这些个人经历是无法了解人类的。这一点，我花费了漫长的时光才逐渐弄明白。而正是这些经历促使我慢慢开始写诗，这一点，我也很长时间没有意识到。我试图说服自己那并不是走向诗歌创作之路的唯一路径。

"我领悟到人生怎么都不好办。"这句话是大冈升平借用了中原中也的话说的。将其中的"人生"替换为"人类"的话，就与我现在的人类观相通了。"每次年长一岁我们都抱着无法解决的矛盾／就这样一步一步地接近现实……"（《"向"这个字眼》）这里的"现实"也可以替换为"人类"。中原中也在年轻的时候就已经领悟到人生"怎么都不好办"，而我似乎直到走过了梦想、伪善这些弯路之后才领悟到这一步。在明白了怎么都不好办之后，虽然还是会难以避免地掉进半途而废或虚无主义的陷阱，但我也没有因此而觉得走投无路。而文学正是从这些弯路与陷阱中酝酿出来的，这是从古至今各国优秀的诗歌小说告诉我的。

谎

"神明将虚假的颜料在天上倾倒一空"（《十四行诗31》），"到达天之蔚蓝处后 / 一定空无一人 / 那是个恩泽浩荡的谎言"（《十四行诗34》），"白日里蓝天编织着谎言"（《十四行诗45》），"鸟不知道天空的谎言"（《天空的谎言》）。

在创作后来被收录在《六十二首十四行诗》和《关于爱》这两本诗集中的作品的时候，我抱有这样一种观念，认为蓝天的蓝仿佛是掩盖其背后宇宙的虚无的窗帘。而将无数的星星的存在暴露给我们的夜空，则一直坦诚地告诉我们人类生存条件的真谛。那时候我所使用的"谎"这个词与人际关系中的谎言没有任何关联。对此我也没有疑问。是因为我是一直受益于良好的人际关系，还是因为我觉得现实中自己编织的谎言以及被用在自己身上的谎言无法成为诗歌创作的题材呢？不管是哪一种情况，对我来说，人类所编织的谎言都不是那么深刻的东西吧。那个时期所创作的有关人类编织的谎言的作品，是下面这样一首为儿歌创作的歌词。

　"骗人的／骗人的／都是骗人的／一切都是骗人的／如果你跟谁撒谎的话。"（《骗人的／骗人的／都是骗人的》《日语练习》）这里所论述的不过是一般意义上的道德而已。从诗歌的角度来看的话，可以说没有触及人际关系的《蓝天的谎言》这首诗更加有原创性。那时候我的注意力不在人身上，而在围困着人类的宇宙上。那时候的我不仅对政治意识形态毫不在意，而且在面对人际关系时，虽然为其所苦，但并没有重视它，而是寄希望于通过单纯的举动来加以解决。我的思维跳出了人类社会的视角（虽然这种事原本是不可能的），将自己的生命同宇宙连接起来进行考虑。蓝天的蓝是骗人的，这种感性思维已经很早就从我身上消失不见了。尽管如今的我认为这是值得高兴的。

　　如果你想知道现在的我是如何看待谎言的，我希望你最好读一下收录在《裸体》中的《谎言》这首诗，在此我就不做引用了。这首诗是用男性第一人称写的，其中所阐述的想法与感情并不是骗人的。你可以将其理解成我实实在在的想法和感情。我认为，诗歌这种文学形式的一个特征就是里面包含了你在现实中没有感受到的情绪以及并非属于自己的想法。话虽如此，诗歌中这种意义上的谎言却往往有可能是真正的现实。这些谎言如果来源于人类所谓的集体无意识的话，或者到达日语这种语言的潜意识下的深度的话，那么创作诗歌的人就可以放弃个人的身份，而以一种媒介的身份默默无闻地发挥自己的作用。这种意义上的诗人，与生活在现实中的他或她，很难说这两者之间是没有矛盾的，但是我相信，不接受这种矛盾的话是无法持续创作诗歌的。

私

四十多年前，我开始写诗，主要使用"仆"①这个第一人

<hr>

① 仆：日语中的第一人称代词，读作boku，基本为男性专用。它
是一种含有自谦语气的自称，这一点从它的汉字来源"仆"很容
易看出。但一般认为，现今它相对只适用在与平辈或晚辈交流时的
自称；不太适合在正式场合面对长辈（或地位更高者）这样自称。
后文中涉及的"私""俺"均为日语第一人称代词。"私"是现代
日语中最常用的第一人称代词，通常读作watashi，使用范围几乎
没有性别、年龄、交流对象的限制。而"俺"读作ore，从语感
上来说比较随意、粗犷，一般为未成年男性使用。——译者注

称用语。平常我也用"仆"自称，在与朋友们的交流中我也偶尔使用"俺"，不管是哪种称谓，我认为这些都是非常自然的选择。可以说，作品中的第一人称与现实中的我之间基本没有什么差别。在第二本诗集《六十二首十四行诗》中，我将第一人称统一为"私"。为什么我将"仆"换成了"私"呢？我记不太清楚原因了，也许可能是一种逞能的做法吧。"仆"本没有什么这样的语感，但二十世纪五十年代的时候已经有了稍显孩子气，有时甚至让人感觉是在装糊涂的意味，所以我想避免这种理解。

这之后的作品中，我将"仆""私""俺"等混合使用。作品中有时也会出现并非作者即我本人的主人公，当主人公无法用直接谈话的形式发言的时候，写诗的我与诗中的我之间，每一篇作品会因为使用不同的人称代词而产生微妙的差异，这大概就是我混用这些词的原因吧。也就是说，不知不觉中，我是将诗当作一种小说来创作的。这一点无法用这样简单的说明解释清楚，它与诗歌的本质息息相关。一直到现在我都没有找到一个固定的第一人称，每写一篇作品，很多时候我都会犹豫，到底该使用哪个第一人称代词呢。

在我最近的作品《不谙世事》和《听莫扎特的人》中，

我用的是"仆"，这是根据我当时的心情做出的潜意识性的选择。与"私"相比，"仆"包含着一种易受伤的意味，我需要这种没有依靠的感觉。这个"仆"的意味与《二十亿光年的孤独》中的"仆"是不同的。

　　一首诗与作为作者的诗人之间的关系，远比我们一般想象的要复杂微妙得多，它是流动变化的。确实，一首诗离开了作者的现实生活是无法创作出来的，但是诗中所阐述的想法和感情，如果说是原原本本地表现了诗人在现实中的情况的话，那么也可以说很多时候并非如此。诗不是传播思想的工具，也不是表达意见的途径，更不是所谓的表现自我的手段。我们经常说在诗中语言必须变成某种"事物"，若是如此的话，那么读诗时就好像面对着一个精美的小工艺箱一样，这种态度对读者来说不也是需要的吗？这时的语言就如同木材一样，而砍削、研磨、完美地拼装这些木材的技术，就如同读者向诗人求索的伦理一样，那些确确实实地存在的事实，正是诗的风格的力量所在。作为作者的诗人正隐藏在这些"形式"之中。因为想要表达什么所以写诗，如果单纯从这样的视角读诗的话，就不能理解诗中的"我"（私）；而且，在诗中所写内容的基础上来评断诗人的正与邪的做法也是不公平的。虽如此，虽然诗与散文类的作品不同，但我也不认为诗可以完全免于世上的道德批判。从现实世界来看，诗人也许有着不得不成为一种不道德的存在的特性，没有这种觉悟的话，他或她是无法在这个世界上活下去的。如今的我认为，诗人是通过自身的不正派的特性而得以融入世俗社会的。

爱

我反复使用"爱"这个词写诗。以爱为题目的诗作有好几首，书名中包含爱字的书也有好几本。不管我想赋予爱以何种意义，对于爱这个难以把握的字眼，我一直将其放在生命的中心位置。而且我也一直相信，对于诗歌爱也是不可或缺的。爱是个令人害羞的词，感觉像是没有见过的外文词。这个词不管是在我的身体里还是生活上，似乎都没有完全习惯。因此不管是在实际生活中，还是在写诗的时候，我一直怀着某种意志来使用这个词。这种意志，到底是我需要通过呼唤爱来使身心达到可能的抽象状态呢，还是说我想方设法地试图抓住那些只用"喜欢"无法道尽的感情呢？对此我一边保持着疑惑，一边滥用着"爱"这个词。

然而，我开始意识到仅仅用"爱"无法道尽的某种东西存在于日本人当中，也存在于日语当中。身边最亲近的人告诉我可以用"情"来称呼它。比起爱来也许情更加重要，夸张一点儿说的话，这种想法是反现代的，却也正因为这样而可以传达至日本人的潜意识里。金子光晴有一本名为《爱情69》的诗集，我非常喜欢，对金子光晴来说，如果没有"情"，"爱"是无法想象的。"爱情""情爱""情欲""欲情""爱人""情人"，情与爱交织错杂，在日语中到处出现，有时候如阳春白雪，有时候如下里巴人。"情"这个词出现的时候，对日本人来说，大概是用来表现比"爱"更加深广的身心状态以及人际关系的。

"我是最温柔的目光／我是多余的理解／我是勃起的阳具／我是不断的憧憬／但我绝不是爱。"（《关于爱》）纠缠着年轻的我的焦躁，也许是源自我的天性吧。我（此处也出现了"情"这个词的身影）一直抱有一种怀疑，怀疑自己对活着的热情很淡薄。这种天性让我远离人类，远离这个世界的现实，但同时也赋予我诗性的感受能力。淡薄的热情也意味着不怎么受苦。英语的"passion"一词在表示热情的同时也有受苦的意思，对此，我将其理解为一种鞭策。

我想起了年轻的时候父亲说"你的诗缺少戏剧性"。根源只有一个，缺少热情的我对于爱的憎恨也是淡薄的，这在为人处世上也许会有帮助，不过反过来也容易伤害别人，这一点我也有自知之明。也许你会疑惑这些私人的事情与诗有什么关系呢？我想至少对我来说，要想在如今的时代生存下去，要想能够持续创作诗歌，审视自我是绝对有必要的。

（《国文学》，1995.11）

某一天

（一九九九年二月至二〇〇一年一月）

今天是武满彻①的忌日。昨天晚上烤的玉米松饼已经变硬

---

① 武满彻（1930年10月8日—1996年2月20日）：20世纪卓
有成就的日本现代派作曲家，前卫作曲家，作有卷帙浩繁的管弦
乐、室内乐作品以及90多部电影配乐。他的创作融合东西方音
乐元素，兼具传统与现代音乐风格，作品常以宁静、典雅、纤细
为突出特点，又具神秘、灵异、妙想之美，因而深受广大乐迷喜
欢，他也因此而获得了诸如"脆弱大师""不朽的死亡""冥界
的音乐人"等美誉。——译者注

了。听到楼下有什么声音，下楼一看，发现年轻的朋友石黑的亲戚经营的室内专修店的工作人员正在父母的房间重新粉刷墙壁。我们在健司君的婚礼上见面打过招呼。因为电影好看而开始读亨利·詹姆斯的《鸽翼》上下两卷，今天又稍微读了点儿。午饭吃的是凉饭配上泡菜、明太辣鱼子、葱等混着做的大阪烧样的东西，喝了荞麦茶。饭后坐公交车去东京歌剧城，两点开始听《响铃》（*Ring A Ring*）音乐会，我坐在浅香①旁边。

因为从十六日开始举办"梦想之窗：武满彻·影像与音乐的世界"系列纪念活动，所以最近几乎每天都和武满母女见面。本次音乐会将部分彩排免费向儿童开放，所以会场内满是带着孩子来的父母，人声鼎沸。音乐会由真树主持，她对孩子们说："有一个作曲家叫武满彻，实际上他是我的父亲……"挺好笑的。听着吉他演奏家铃木大介和渡边香津美那激动人心的《小小的天空》二重奏，我已经分不清武满去世后的这三年时间是长是短了。

自从不再能够和武满见面聊天以来，我更加感觉到他就

①　指武满浅香，武满彻的妻子。——译者注

近在身边。我觉得，人死之后就闲下来了。世上的人大多繁忙，就算想要找个人聊天，也会因为有所顾虑而不能如愿，而到了那个世界的人就不再会为这个世界的忙碌所累，我就可以随心所欲地找他聊天了。我跟浅香说好想让武满彻也听听这首《小小的天空》啊，那时候我们所怀有的感情，不是悲伤，而是更近乎喜悦的东西。跟武满不在身边的不满相比，在歌声所带来的情绪泛滥中，我们真切地感受到武满就在身边的一种满足的情绪更加强烈。我这么说，武满应该不至于怪我是个不诚实的朋友吧。

我和浅香、真树一边眺望着稍显模糊的地面，一边在五十三层喝着啤酒，吃着寿司。六点开始是"铃木大介吉他独奏会"。会上也看到了坂上弘和大江健三郎。第一首是武满的《森林中》，演奏稍微有些刺耳，也可能是因为喝了酒的缘故，我昏昏沉沉地听着，当接下来开始演奏巴赫的《第二变奏曲》后，我的意识逐渐清醒起来，到了最后不知为什么感觉眼睛、耳朵和心都异常清明起来。每一个节拍都如一粒一粒的珍珠一样光辉耀眼，没有一丝停滞，变成了一串长长的项链。感觉就如武满所说的"声音的河流"一个劲儿地从眼前流过，我就这样听着，仿佛真如自然界的河流的流水声一样。语言所承载的意义有时候会伤人，而音乐同自然一样，在意义之外的地方鼓舞着人。最后的恰空舞曲让我感情充溢泛滥，其中感动较感伤更多。巴赫的音乐有着帮助矫正人生态度的力量。

接下来演奏的武满的《对开页》（*Folios*）呈现出一种我之前从未听过的戏剧性味道。从年轻的时候开始，我就认为武满是一个隐藏着激情之类的强烈感情的人，听到这次的演奏，我进一步明白了表现激情并不一定需要用极强音演奏。休息的时候我见了很多武满的友人，由于太过兴奋，后来竟有些心不在焉。水尾和子生病后许久没见到她了，今天再次见面，十分开心。她说她一直在家里做针织，我开玩笑地教唆水尾比吕志说："你可以把她织的东西拿去卖了。"

音乐会的后半段，铃木和渡边香津美演奏吉他二重奏，光看着两人的表情就很享受。古典音乐和爵士乐就如同甜蜜的恋人一样调情。我的感受，只能形容为"生之欢愉"。说起来，年轻的时候武满同铃木博义曾共同创作过一首芭蕾舞乐曲《生之欢愉》。演奏结束后掌声久久不息，于是又加奏了《何塞·托雷斯》《写乐》两首电影乐曲和《早春赋》。当最后一个音符逐渐消失的时候，两人一时间纹丝不动地听着，观众也适时地没有鼓掌打扰，非常棒。

结束之后浅香夫人请工作人员以及一干朋友去武满生前经常去的一家西班牙餐厅吃饭。大家情绪都很高涨，两位吉他演奏家在经过白天和晚上两场音乐会之后依然不辞劳累，又从车里取出吉他弹奏起来，小室等唱起《死去的男人遗留下的东西》，连我也被气氛煽动起来，罕见地配合着香津美的吉他哼唱起《小小的天空》。深夜一点左右到家的时候，发现父母的卧室焕然一新，我都差点儿认不出来了。

今天是"余白俳句诗友会"集会的日子，不知为何，从早上开始就一直坐立不安。午饭前我去了饭田桥，在车站附近吃了点儿金枪鱼三明治面包填了填肚子，再出来的时候，外面下起了雨。今天的会场在后乐园内的涵德亭，以会长小泽信男（雅号巷儿）为首，木坂凉（雅号纸子）、有动薰（雅号水门）、清水哲男（雅号赤帆）、井川博年（雅号骚骚子）、八木干夫（雅号山羊）等齐聚一堂，已经从塑料袋中取出啤酒摆好了。稍后国井克彦（雅号里通）、白川宗道（雅号宗道）

也到了，但还是有七个人没有到场。我是差不多三年前由好友介绍入会的，今天是第八次参加，但我并没有很想正经地写俳句，而是特别喜欢这种大家齐聚一堂互相贬低或互相称赞各人写的俳句的"场合"。

虽然我们的平均年龄并不是很大，但是我们的话题首先是谁谁谁的病情，比如说今天缺席的元老多田道太郎马上就要做白内障手术了，辻征夫因为某种麻烦的病才刚出院，国井克彦据说也患上了青光眼之类的。我现如今身体还没什么毛病，不过之后什么时候患上什么病就不好说了。闲话少叙，我们一齐将目光转向放在眼前的六十多句俳句上，大家都暂时集中注意力从中选出天字三句、地字二句、人字三句。四十分钟后一统计，得票大都很分散，由于某些得票相同，最后选出了天字三句、地字二句、人字五句。

"潮落捕拾去，军舰倏尔来"和"灰头土脸和衣睡，正是春夜少年时"两句是未出席集会的八木忠荣（雅号蝉息）写的，我们讨论着诗中的"军舰"到底是美国军舰还是自卫队军舰，又或者是原日本海军军舰，我们还推测"军舰"应该不是航空母舰而是驱逐舰，我们的讨论很具体、很细致，十分有趣。像这样一字一句地解读诗句的韧劲儿，在读现代诗时是很难看到的。当有人讥讽说在"春夜""灰头土脸和衣睡"的少年一定是个男孩儿时，有动女士证明说是浑身脏兮兮的男孩儿，大家齐声嘲笑。另一个天字级获奖作品是赤帆先生的"何处煮饴糖，熏香勾人眼"，对此，我也投了赞成票。清水哲男先生据说从小学就开始写俳句，而我也早在小学的时候写过"吾爱绣线菊，花光何灼灼"的句子，当时的雅号"俊水"我如今依然在使用。

地字二句是加藤温子（雅号花绪）的"太宰府中神牛卧，引目忧思文曲眠"和巷儿会长的"龟鸣新月瘦，慷慨似汝乡"。我不知道龟到底会不会叫，但是这个季语①隐含着丰富多彩的内涵，让我不由得感叹会长的俳句真是高雅。顺便一提，我写的是"母龟背上小龟鸣，咿呀学语闹不停"，有点儿班门弄斧，谁都没有投票支持，但是骚骚子安慰我说，旨在模仿小学生的笔触写俳句也是不错的。会场从一开始的热闹欢快，慢慢变得基本上只剩下喧闹了，这也许是我带来的单一麦芽威士忌的作用吧。那是我去年在某个机场买的。

_____

① 季语：指俳句中能代表季节的词语。它是日本俳句中的一个重要的文学要素。——译者注

我还写了其他几句俳句，合计得票并不多，但是所写的三句分别都得到了一张天字级投票，我非常满意。会长的天字句是"金乌玉兔一相逢，辉光堪得频瞻顾"，小泽先生将这一句同稻垣足穗的《一千零一夜物语》联系起来，出人意表。因为我是想到了更加风流的东西才写出这一句的。而连我自己都有些不好意思拿出手的那句"忆昔少年时，归葬虹生处"却得到了专业俳句诗人宗道的肯定，投了我一个天字票，令我欣喜不已，有人提出意见说没有助词"を"①更好，我却觉得此意见不足一听，太严格地遵守"五七五"的格律要求的话就太无趣了。我自认为的得意之作"潮落捕拾去，白寿老母淘"得到了未出席集会的辻征夫的天字赞成票。他真是有眼光啊，而且还注意到了其中的音韵。辻先生（雅号货物船）的"先生脸颊饭粒沾，引目流转忍俊看"被清水赤帆批评说不符合俳句诗人的品格，作为初学者的我倒是不懂这些复杂的讲究。

　　冒着冷雨回到家中，天气冷得让人丝毫不觉得已经到春天了。然后看了根据中西礼的原作小说改编，由北野武、丰川

---

① を：日语中的一个宾格助词，接动词表示动作行为（即动作内容）。——编者注

悦司主演的电视剧《兄弟》。主人公以翻译法国歌词以及作词为生。其中有个场景，主人公的女友数落他说"你最好还是写些真正意义上的诗吧""我希望你能以纯粹的诗来和别人竞争"。所谓的真正意义上的诗、纯粹的诗，指的是我们所写的现代诗吗？依靠作词而出人头地的主人公，却被可以说是心智疯魔、脑子有病的兄长榨取了几亿日元的财产，半生坎坷，充满戏剧性，这不禁让我感叹：真正意义上的诗、纯粹的诗是不能为作者带来如此多的财富的。不知为什么突然想笑。

睡前读须贺敦子翻译的翁贝尔托·萨巴[①]诗集，发现了这样一节诗，被其打动："……想要逃离自己的躯体 / 过和普通人一样的人生 / 想要和大家一样 / 和正常人一样 / 过正常的日子 / 这是我的一个奢望。"

---

① 翁贝尔托·萨巴（Umberto Saba, 1883—1957）：意大利著名的"隐逸派"诗人。受家庭和成长经历影响，善于在身边的普通人身上和普通事物中发现美。——译者注

四月十一日（周日）

　　我从下雨声中醒来，一看时间才五点半，发了一会儿呆然后又睡下了。但是睡不着，七点半起床，打着伞出门到东田中学投票去了。一路上，我想起了昨晚读到的鹤见俊辅①的

---

①　鹤见俊辅（1922年6月25日—2015年7月20日）：日本思想家、哲学家、大众文化研究者、社会活动家。家世显赫，父亲与外祖父均是日本政界中坚。毕业于哈佛大学哲学系，曾任教于京都大学人文科学研究所、东京工业大学、同志社大学。他是日本左翼反战运动的代表性人物，批判日本天皇制，追究天皇战争责任；参与安保斗争，反对美国对越战争，保护美国逃兵，支持和平宪法，与大江健三郎等发起"九条会"，批判小泉内阁右倾政策，抗议日本政府修改宪法。——译者注

话。"这五十多年来虽然我也会去投票，但并非出于本意，我心里是不感兴趣的……不感兴趣的话就保持不感兴趣的态度好了，要做选择的话，那么这种选择就必须出自这种不感兴趣的态度。"鹤见先生的话总能说到我心里那片模糊的地方去。还有几句话我必须记下来："我年轻的时候形迹放浪，小学的时候就有男女关系。我以自己的脑袋发誓，我是自行解决生理需求的，虽然军队给我们配发安全套，但是我从没有想过要去慰安所。因为这会伤害我作为不良少年的自尊。"啊，说得好酷啊。

今天是每年惯例的清春艺术村的樱花节，下了这么大的雨，大家还会去吗？但是观赏被风雨打乱的樱花也是一种雅趣吧，下定决心后，我穿上防雨外套，驾驶着四驱本田 S-MX 驶上了空荡荡的中央高速。过了韭崎一带后看到南阿尔卑斯山脉①上空蓝天一片，在长坂下高速后到达艺术村的时候雨已

---

① 阿尔卑斯山脉：此处指"日本阿尔卑斯山脉"（Japanese Alps/Nihon Alps），又称飞驒山脉，位于日本本州中部。此名源于 1896 年英国传教士威斯顿在攀登过飞驒山脉后，出版了《日本阿尔卑斯山登山及探险》一书，称飞驒山脉像欧洲的阿尔卑斯山脉一样美，因此飞驒山脉便有了"日本阿尔卑斯山脉"之名。——编者注

经停了，稍微有点儿扫兴。人确实比往年少，不过二分开、五分开的樱花，对看惯了东京几乎满开的樱花的我来说，反而感到一种谦恭之美。刚好赶上在乔治·鲁奥教堂举行的"三轮福松追悼会"。对于美术评论家三轮先生，我仅见过几次，不过他温和稳重的人品给我留下深刻的印象。教堂周围的墙壁上挂着鲁奥的《求主怜悯》，小小的管风琴奏出朴素的音乐。我虽然不是基督教徒，但也和着从小就听熟了的圣歌哼唱起来。

在"调色板"（Palette）餐厅和熟识的朋友们品红酒、共进午餐，在外面的帐篷里喝咖啡的时候，别人介绍我认识了保育园的园长夫妇。园长夫妇告诉我，我创作的一首儿歌，孩子们只听了一遍就记下来了，之后还时不时地哼唱，我听后很开心。清春艺术村之父吉井长三先生指着园区起点处一株横卧的大树对我说："那不是卧龙梅，而是卧龙樱哟。"我于是走近观赏，看到缠绕着树干的白色帆布时，顿生不忍，却也感叹于樱花树虽老，虽横卧于地，却依然盛开着。而近来人类中徐娘半老的女性们看起来依然年轻的也越来越多了，这让人欣慰。跟这些堂堂正正地横卧于地的樱花树比起来，徐娘半老的女性们自然更加美丽。自然真是比人类更加放肆啊。

一点半开始，在清春白桦美术馆的圆形大厅举办内藤敏子女士的齐特琴演奏会。这是我第一次这么近距离地观赏齐特琴这种乐器，它被横放在一张桌子上演奏，大小正适合轻松携带，想来也经常用于室外演出。据内藤女士介绍，在维也纳郊外野餐的时候，人们经常会弹奏齐特琴，树上的小鸟也伴着琴声一齐啼鸣。当她说"以前日本也有齐特琴"的时候，我吃了一惊。据她介绍说，在出土的埴轮[①]中，有些陶俑怀里就抱着卧筝筬这种弦乐器，那就是齐特琴的一种。她还弹奏了我从小就听惯了的《第三个男人》和《樱花》，之前听惯的《樱花》都是用琴弹奏的，而最让我印象深刻的是不知名的近代齐特琴演奏家 A. 斯梅塔克（A. Smetack）的《小幻想曲》。

三点左右我从艺术村出来又驶上了中央高速。天空中云彩呈现出由白至深灰色的奇妙的层次感，让人感觉很美，后视镜中还映出浅浅的彩虹，这些都让我心情舒畅。我从冈谷下高速去盐岭医院看望黑田良夫。黑田先生是位画家，与我父亲彻三私交甚好，胡须很长，留胡须的方式同我父亲一模一样。他在学生的婚礼上突发心肌梗死，好几天都一直待在

---

① 埴轮：出土于日本古坟内的一种土偶殉葬品（一如中国古时入墓葬的陶俑），也是日本古坟顶部和坟丘四周排列的素陶器的总称。——译者注

重症监护室里，身体仿佛被混凝土固定住一样痛苦。用于治疗的硝酸甘油据说会带来严重的头疼，我正担心他能不能顺利地挺过去的时候，他却笑着说："既然这样痛苦，那我不要因为心肌梗死而死了。"他将一面小手镜藏在抽屉里，瞒着护士刮着胡子，看到这些，我不由得安心下来。

我又驶上中央高速回家，一边听着本木雅弘与岸田今日子的《夜色温柔》二重奏，一边往家里驶去。这首歌实际上是由我作词，由我儿子贤作作曲的，在 CD 里面也有卡拉 OK 版本，我想着什么时候也来唱唱这首歌吧，所以一边驾车一边练习。虽然今天是周日，但一路上根本不堵车，往返驾驶四百公里后回到家。常滑市的表兄庭濑健太郎打来电话，告诉我说他在爱知县议员选举中落选了，一听到这个消息，禁不住脱口而出大骂一声"他妈的"。不过他也已经上了年纪，我于是想，或许他是时候从政坛金盆洗手，过优哉游哉的日子了。

前面有一辆黄色的菲亚特－辛奎琴托（Fiat Cinquecento）在飞快地跑着。那是一九六四年的款式，如果是人的话，那么已经是领退休金的年龄了，然而最近的老人可不能小觑。脚踩着过去那令人怀念的双离合器，我驾驶的也是一辆辛奎琴托，是一九七二年的款式，这两辆车在高速上不管怎么使劲儿踩油门，时速最高也是八十公里，所以不用担心超速。这两辆车的车主，是福冈的养老院"寄合"（YORIAI）的工作人员村濑孝生先生和久野寿枝女士。还有一位，可以说是养老院的主人，下村惠美子女士，她竟然买了性能更高的菲亚特－阿巴斯（Fiat Abarth），正等着提车呢。所谓"寄合"养老院，说得复杂一点儿是一个小规模多功能型地区共生护理之家，但亲自参观后可以发现，这里基本上是患有老年痴呆的老人们和工作人员一起生活的一个家，日子普通而又快乐。其实，为长远计，我也在这里预约了一间房，好像暂时是一个日式房间。

我和儿子贤作组成表演组合，出席了昨天和前天由"寄合"养老院主办的朗读与歌唱公益音乐会。观众席前排的一个老太太，一直喋喋不休地说着，偶尔还发火："烦死了！在吵什么呢！"这不仅没有妨碍演出，反而舒缓了现场的气氛，真是不可思议。在这些时候，以下村女士为首的工作人员也没有责骂制止她，只是温柔地抚摸着老奶奶的背和白发。看到这些情景，我突然不再害怕老年痴呆了，而且还说服自己相信不管活到多少岁，人生都有可以享受的生之欢愉。工作人员如此热衷于老旧汽车，可能也是因为这与同老人每天一起生活的乐趣有异曲同工之妙吧。

我们冒雨驶下汤布院立交桥，吃了萝卜泥荞麦面，与关东不同，这里的荞麦面口味比较清淡。我们走山路到达奥满愿寺温泉的一家叫"藤本"的旅馆。呈现在我们眼前的是广阔的田野，对面是风中摇曳的树林，心境仿佛是来到了巴厘岛一样舒畅。当我还在想我们为什么会因为几点吃晚饭而发生争执的时候，我们决定先去悠闲地泡个温泉。可能是因为从小是独生子吧，我不习惯同别人一起洗澡。但是眼前的一行人〔一行五人中还有一位是须贺川特别养老院"施恩园"（SHION）的武田和典先生，他原来是个嬉皮士〕，不知为何没有让我感觉到不适。穿上没怎么穿惯的浴衣，我们三个男的跳进临河的露天浴池里。我头枕着岩石，悠闲地躺着，清楚地感觉到泉水与自己身体的界限消失了。

晚饭我们吃了马肉刺身、烂熟的烤牛肉和野菜天妇罗，非常美味，但是我们吃不完。在我们吃饭的当口，旁边房间已经铺好五张床了，吃完饭后，我们都衣衫不整地随便躺下，开始尽情聊天。在昨天音乐会开始之前的讨论中，我们还谈到了和老年人一起生活的时候，与"管理"相对的"爱"是十分重要的一个因素。我想起来，母亲老年痴呆后经常和我手握着手，她那经常颤抖的手让我感觉不适。下村女士解释说因为那是自己亲属的缘故。在"寄合"养老院，身体接触也正是因为对方是外人才能毫无顾忌。确实，同与自己爱憎强烈的家人共同生活相比，生活在可以与同龄人、朋友来往的养老院里，作为老人来说也许更加轻松舒适。

大家都说这里最美的享受是从浴池中的木板的缝隙中仰望繁星，我信以为真，又来到露天浴池里，但只见到了朦胧的月亮不见繁星。也许是老天要补偿我们吧，下村女士和久野女士也来到了我们的男浴池。虽然彼此都裹上了毛巾，但这确实是我第一次体验混浴。从浴池里出来后，"寄合"养老院的工作人员又给我们按摩。我以前没有肩酸、头疼，没有体验过按摩，但这一次，确实很舒服。我寻思是因为被女人的手按摩的缘故，尽管后来不知不觉中换成了男人的手，不过依然很舒服。虽然在这些养老院里，老奶奶们经常聚在一起喋喋不休地聊天，但老爷爷们就经常被孤立了。有这样一种说法，说是男的老了之后离开家庭来养老院生活，最好变成同性恋。那我是不是现在就要做好准备呢，或者是不做老爷爷而是努力变成一个老奶奶呢？

我们这样开着玩笑，还钻进被窝里拍照，发现有人偷窥时惊慌失措时会来一个亲密的身体接触，这种盛宴，既有着性的亲和力，又有着作为生物和作为人的亲和力，其中的界限逐渐模糊，在这种模糊里，我心情舒适，同时也感受着某种未知的可能性。有人主张，养老院里一定要有私人房间，我也赞同这种说法，但自从了解了"寄合"养老院之后，不知为何感觉个人隐私在这时显得有些吝啬而狭隘。我们一直欢快地玩到一点多才睡觉。

六月二十七日（周日）

　　"山彦"号新干线列车规规矩矩地跑着。由于是早上七点起来的，脑子还是昏昏沉沉的，而沿线的风景也如此刻我的脑子一般雾霭缭绕，模糊一片。我想，所谓思考，就像现在这样在五里雾中不知目的地、有气无力地走着一样吧。如果你认为，因为思考是头脑的活动，所以身体和心都是碍事的，那么你就大错特错了。不思考就浑身不舒服的状态，是从我全身心涌现出来的，它首先是特别私人的东西，然而一旦形成有意识的语言之后就超越了私人。作家、作曲家和画家的工作之所以可以向他人倾诉和传达自己的思想，是因为在那些时刻他们的工作或多或少地成了非私人的东西。以此为生的艺术家们，在现实生活中却反过来会遭受这些非私人的东西的复仇。

十点四十五分的时候，我们到达了雨中的仙台。我觉得这是作为招雨的我的胜利，这么想着的时候，横田重俊先生来迎接我了。他是今天活动的主办者，一家绘本与玩具店的店主，他也是个招雨的人。虽然天下着雨，当我知道可容纳四百人的会场的票全部卖光的时候，我顿时安心了。会场在仙台市泉文化创造中心，座椅宽敞舒适，声效也很棒。我像往常一样在后台计划今天演出的节目，《颂唱现代诗》节目组合由高濑麻里子担纲主唱、大坪宽彦担纲贝斯手、谷川贤作钢琴伴奏，他们在舞台上调试麦克风，负责朗诵的我也跟艺人们一样在后台吊嗓子。负责音响和灯光的工作人员手脚麻利地忙碌着，看着这些，我感觉心情愉快。午饭吃了点儿三明治，喝了咖啡，两点演出正式开始。谷川组合演唱了《微笑》《钢琴》两首歌后，我开始朗诵《下雨吧》这首诗。今天运气不错，我刚好带了本合适的诗集，里边收录了与雨有关的诗歌。

读什么诗，是由我根据会场的气氛临时决定的，有的时候是在快要开演的时候决定，有的时候要等着观察到听众的反应后随机应变地决定。如果现场儿童比较多的话，我就在最开始安排孩子们喜欢的《放屁歌》《臭臭》等诗，观众的反应比较冷淡的话，我就试着朗诵荒诞的《无聊之歌》，尽可能地缓和气氛。在杂志和书中看不到读者的脸，但在朗诵的时候观众就近在眼前，就会注意到观众鼓掌的程度。对于自己不受欢迎的情况，我并不以此为耻。因为正是与观众的交流支持着我，激励着我。

　　石田道雄和大坪宽彦搭档表演的《蝉》，其气势直抵苍穹宇宙，浩大雄壮。之后是惯例节目《文字游戏混合曲》。它是尝试研究日语押韵的有韵律的文字游戏，唱成歌之后反而凸显出日语中隐含的旋律美，别有情趣。不讲究意义只追求快速说读的绕口令saru——"sa ru sa ra u/sa ru sa ra sa ra u/sa ru za ru sa ra u"，按音读法读是急板（连我也会时不时舌头打结），唱成歌是行板。趁着休息时间，我们试着和听众进行互动，尝试"你问我答"。举手提问的基本上都是小孩子。

　　观众问："谷川先生为什么戴着眼镜呢？"我答："我

戴的是老花镜，想来你们家里的爷爷奶奶也会戴的吧。"观众追问："为什么系着眼镜绳呢？"我答："不系着眼镜绳的话就会不小心掉地上摔坏了，而且，有眼镜绳的话看起来时尚些。"观众问："我非常喜欢《青蛙的扑通》这首诗，那是您什么时候钓的呀？"我答："我小的时候，院子里有一只小青蛙，我将它放在手掌上玩。那是很久很久以前我小的时候钓的，长大后就逃走了吧。我这么回答你满意吗？""好的。"观众问："你会唱一些乱七八糟的歌吗？"高濑女士回答："哎？我吗？我不会！"文字无法传达孩子们当时有趣的腔调和肢体动作。歌与诗的"声音"与这些日常生活中的"声音"混在一起，反而妙趣横生。我想起来不知道什么时候有个小学生问我："谷川先生为什么总写一些很无聊的诗呢？"我破罐破摔地回答说："因为诗都是很无聊的啊。"

两个小时之后，观众要求加演的时候，我第一次朗诵了年轻时候写的《恰在当时》这首诗。每次都朗诵同样的诗的话，会让我觉得自己成了一个演员，这会让我感觉不适。当我出声朗诵的时候，虽然我想让自己觉得同刚写完的时候一样，仿佛这首诗刚刚诞生，但想要不丧失新鲜感确实很难，所以我偶尔会反复诵读一些古诗集，寻找适合朗诵的作品。

我打算后半生就这样将自己的诗作回收再利用了，旧诗新读，千锤百炼。

热闹的演出让我稍微有些疲惫，我回到酒店休息，躺在床上读平居谦的《适合泡澡时看的现代诗入门》。这本诗选编辑的切入角度新颖，让我明白，有些诗人会将我注意不到的东西，以与我不同的方式，将自己的作品声音化。DTP、CDR、互联网等新技术日益成熟，越发简单易用，那么其会不会给现代诗带来全新的、小而生动的媒体传播工具呢？目前尚不清楚。

　　背包旅行的游客脚步飞快地从我面前走过，从他们浅薄
的眼中，也可以窥见印度这个国家不喜欢人类的裸体。当然，
这里的人也同东京一样，朝着各自的目的地前进着，有骑着
小摩托车的人，有蹬着三轮车按喇叭的人，有混在其中只是
站着的人，有蹲着的人，有蹲坐的人，还有躺在地上的人。
这些人什么都没做，但正是他们无所事事的姿态，清楚地告
诉着我这些人在活着这样一个简单的事实。虽然我不能一一
窥视他们的内心，但他们所表现出来的心情，同悠闲地观察

着他们的我自己的心情在某些地方是相通的。支配着他们的并不是平等之类的观念，命运等思想支配人类的岁月在这里继续流转着。

这是我的第一次印度之旅，在阿格拉我参观了著名的泰姬陵。简言之，就是一座大得惊人的国王夫妇的墓。全部由白色的大理石建造，由于暑热，赤着脚走在上面感觉微微发烫，并不是很舒服。离那里不远的地方有一座阿格拉堡，据说国王在那里日夜守望着去世的王妃的陵墓——泰姬陵，后来眼睛终于看不见了。于是他又在墙上安装了巨大的钻石，通过钻石里照射出的泰姬陵继续守望着亡妻，直至死亡。这是一个非常美丽动人的故事，但不管怎么说方法有点儿奢华，所以并没有让我产生同情。

从斋浦尔去往乌代布尔的路上，担任向导的穆罕默德君拿出一份《印度斯坦时报》问我："你看到这个新闻了吗？"上面报道说江藤淳先生自杀了。一瞬间我的心里一凉。我们第一次见到石原慎太郎时，他那种混合着不安与自负的表情又慢慢地浮现出来。那还是我们二十多岁时的事情。我想起了昨天晚上在酒店读到的汉娜·阿伦特书信中的一节："我觉得死亡并不可惧，活着也十分美好，我乐意欢喜地接纳自己活着。"这是她因交通事故住院治疗的时候写的，江藤先生说不定也是想通过终结自己的生命来"欢喜地接纳自己活着"吧。"活着也十分美好"这样稍微有些装模作样的话，在印度却不是能随意讲的。

我是个招雨的人，每次都是这样，这次也成功地将梅雨带到了印度。在这里人们把它叫作雨季。我们正下榻的这座"湖中宫殿"，原本是乌代布尔藩王的冬季行宫，日本旅行社（JTB）还特意加上了"梦寐以求的"来形容它，如今看来确实如此，即使在浓云笼罩之下依然美丽绝伦。它建在乌代布尔的人工湖皮丘拉湖的小岛上，从对岸看过来，宛若漂浮在水上一样。对极乐世界与天堂的幻想，有些人只将其藏在心里，而有些人将其建造成现实中可见的建筑、庭院、湖泊。这些人不只存在于印度，世界上哪里都有。而那些庭院、湖泊往往又与炼狱、地狱比邻而居。与东京不同的是，在印度，这种天堂与地狱间的对比更加泾渭分明、清晰可见。

到今天为止的五天时间里，我参观游览了众多的宫殿和城堡，多到我已经记不清它们的名字和历史渊源了。在印度北部这一带，存在着印度教、伊斯兰教、佛教等不同风格的建筑，甚至还有天主教风格的建筑，这些不同风格的建筑仿佛在一根柱子上都可以有序地共存，这一特征令人颇有兴趣。据说此地的国王甚至会出于政治考虑而从各个宗教势力中各娶一名女子为妃。我发现世界上的主要宗教都致力于为人类服务，都隐藏着教育人向真、向善、向美的可能性。让人们遵循各自的传统信仰是合情合理的好事，从这个意义上来说，那位国王可以称得上是一代明君吧。说到自己，我在禅宗的寺庙里为自己买了墓地，但到了印度之后，我却被叫伽内什的可爱的象头神所吸引，四处搜寻用石头、白檀、白银做成的象头神雕像。

开着的窗沿上停着一只鸽子。从酒店的房间看过去，对岸的风景宛如摩洛哥一样，从林立的石造建筑到水边的一段距离有阶梯状的河岸，孩子们在那里游泳，女人们在那里浣洗着五彩缤纷的衣服。离这里不知多远的地方，似乎在进行着某种仪式。湖面一片平静，能够撞破这种平静的只有往返于酒店与河岸的装有舷外马达的小船。傍晚的时候，院子里开始表演人偶戏。首先是一头打扮得干干净净的大象来招呼致意，然后是被蛇追赶的耍蛇人，当我还在疑惑那两个男人是否在搞笑的时候，其中一个男人一瞬间迅速换装成了一名女子，原来是一出诙谐的爱情短剧。虽然我听不懂歌词讲的是什么，但欢乐的气氛让我禁不住鼓掌喝彩。

　　住在得克萨斯的英国诗人克里斯托弗·米德尔顿（Christopher Middleton）乘坐出租车前往机场，一路上司机频繁地发问。"您去哪儿？""日本。""日本的哪儿？""横滨。""去干吗呀？""开会。""什么会？"米德尔顿稍微犹豫了一下后回答说："诗歌研讨会。"司机一本正经地感叹："日本文明还没有灭亡啊。"米德尔顿在朗诵自己的诗歌之前给我们讲了这件趣事，听众们哄堂大笑。但是，朗诵开始后，会场内顿时安静下来。听非母语写作的诗歌朗诵还能笑出来的，只是少数的幸运儿，或者说是有限的几个勤奋的人。遗憾的是，我并不是其中之一。

正面细长的彩色玻璃在夏天的阳光照耀之下闪闪发光。左边有一架管风琴。时尚的长方形桌子上放着一本《圣经》。关东学院叶山研讨会议室的大厅也兼做教堂，刚开始的时候，在这里朗诵一些不怎么虔诚的诗歌时，人们还有一些顾虑，如今已经习以为常了。每年惯例的诗歌夏季研讨会在今年已经迎来了第十八次会议。发起这个会议的是关东学院美国文学教授、诗人威廉·I. 艾略特，他同时也是我的好友。没有他的激情与努力的话，这个四十人的小而充实的会议是无法持续举办下去的。会议每年固定从外国邀请一位诗人参会，至今为止，已邀请了多位鼎鼎大名的诗人前来参加，比如一九八四年的威廉·斯塔福德（William Stafford）、一九八五年的丹尼丝·莱维尔托芙（Denise Levertov）、一九八六年的威廉·斯坦利·默温（William Stanley Merwin）、一九八七年的谢默斯·希尼（Seamus Heaney）、一九九〇年的莱斯·穆雷（Les Murray）、一九九七年的 W. D. 斯诺德格拉斯（W. D. Snodgrass）和一九九八年的诺拉·尼高纳尔（Nuala Ní Dhomhnaill）等。

他们在会议上朗诵诗歌，谈论自己的作品，和参会者一起喝啤酒。

今年的会议日程安排是，第一天是米德尔顿的演讲和祢寝正一的诗朗诵（刚刚创作完成的儿童短诗，每一首都配有相应的故事，非常有趣）；今天是会议第二天，会议主要内容有从大阪前来参会的岛田阳子女士表演《大阪方言文字游戏歌》（她生于东京，所以可以有意识地灵活运用大阪方言，朗诵间歇的谈话变成了具体的比较文化论，给予了我有趣的启发）和米德尔顿的诗朗诵（低沉而柔美的英文朗诵，即使听不懂也可以品味出其美感），以及本次会议首次尝试的诗歌研讨会。它是学习去年英国"奥尔达玫瑰诗歌节"的做法而引进的日本版。会议最后一天上午由爱尔兰演员邓肯·汉密尔顿进行表演，可以说是英文版的尾形一成单人剧表演。（日后补记：滑稽的背后所表现出来的上班族的悲哀不分地域、不分彼此、殊途同归。这让我心里为之哀痛。）连续两天共计三次的研讨会中，有蒂莫西·哈里斯发言的《读米德尔顿的诗》、新仓俊一发言的《读埃兹拉·庞德的诗》和藤富保男发言的《关于视觉诗歌》（他使用幻灯片介绍了日本和外国在这方面的诗歌，最后类似单口相声效果的自我作品朗诵让我们都笑翻了）。

下午三点茶歇结束之后诗歌研讨会正式开始。我们让所有参会者直接坐在地毯上，担纲主持人的我和三位发言人——三位诗人川野圭子、篁久美子、长泽忍——站在低矮的讲台上。首先我们让他们三人每人都朗诵一首自己的诗歌，之后由包括我在内的所有参会者进行提问，发表感想，互相讨论。由于纸张篇幅限制了诗的引用，川野女士的诗作听起来仿佛是从潜意识里迸发出来的噩梦一样，同时也富有幽默感，它不是根据想象创作的，而是依据真实梦到的场景写出来的。然而，经过反复推敲定稿之后，反复看到的噩梦却不见了，这引起了我的兴趣。篁女士的作品，将家里菜园种植大豆的实际经历同现代科学知识构建起来的宏大宇宙观相融合，在"宇宙"这个汉文词的标注中写上"天空"，不时还混杂着文言文。它让我发现现代诗在不区分和文表达和汉文表达的前提下混合使用的奇妙感受。

长泽忍的作品不仅仅关注词语的意义，同时还突出词语的色感、声音和触感，如同抽象画一样。其最后一句"为了沐浴在 X 射线之下／我们不断地骨折"确实有着直击人心的效果。他在几年前订立了一个破天荒的计划，要在诺查丹玛斯所预言的世界末日之前写下两千二百二十二首诗。他现在每天写三首诗。为此他时刻做笔记、拍照片，在今天会议的最后，他也即兴作诗一首，让我惊讶不已。虽然统称现代诗，但有着各种各样的诗人，也有着各不相同的创作方式。三位诗人分别以自己独特的作品让参会者见识了现代诗的多样性，非常有趣。看起来抽象而难懂的现代诗，其解读线索就隐藏在作者的具体经历之中，如果我们了解了诗人的经历的话，就可以更好地解读他的作品了。在研讨会上听发言人解读埃兹拉·庞德和米德尔顿的作品时，我也有此感悟。

十九日出发，我先后到达沈阳、北京、郑州、昆明、重庆，昨天到达上海。我并不是来中国旅游的，我与各地的诗人们集会，尽管力有不逮，但仍致力于促进日中现代诗的交流。然而，我不会中文。这次的旅程，都是由诗人田原，同时也是我的诗的中文译者田原先生一手安排的，他住在西宫市。［此"田原"并不是日本姓氏中的"田原"（Tahara），而是中文姓名"田原"（Tian Yuan），他的年龄正好相当于我的一半。］

他带我去了沈阳郊外的一个叫"怪坡"的景点。它是一条长八十米宽约十五米的较平缓的上坡路，但奇怪的是，汽车熄火后不仅不会向下滑，反而会向上滑行。这里游客云集，还备有可租借的自行车，我也试着骑了下，确实，就算不踩脚踏板，自行车还是向上滑行。我怀疑是不是眼睛的错觉，但是自一九九〇年发现此怪异现象以来，经过各种科学调查，一直没有科学的解释，也许怪坡的背后有着某种超越科学理论的神秘力量在起作用吧。这附近还有一个"诗人村"，去那里必须沿着怪坡徒步走上去。

来中国后令我惊讶的一个现象是，有些诗人在集会结束后会乘坐配有专职司机的公用车回家。这些车子多数是中国制造的桑塔纳，但有时来机场接我们的车子里会有奥迪A4，还有中国有名的高级国产车"红旗"。有时候也有轻型的出租车。虽说名义上都统称诗人，但是他们的地位和收入是各不相同的。这一点从他们给我的名片上也可以看出来，有些诗人一个头衔都没有，而有的诗人头衔竟达十四个之多。但是，这些诗人也并不一定都是官僚作风的，和我分别的时候有的诗人会热泪盈眶，情真意厚，还有的诗人会赠给我玉枕、毛笔或者人参之类的土特产。

中国国土面积约是日本的二十六倍，幅员辽阔，所以诗人们齐聚一堂是不容易的。在重庆，有的诗人竟然坐了十三个小时的巴士来参会，让我感动不已。各地也都会发行自己的诗歌杂志，但是有趣的是在日本属于禁忌的非法转载，也就是将某杂志上刊载的作品原模原样地转载到自己的杂志上的做法，是不会受到任何指责的。田原先生笑着告诉我，一些畅销小说会有盗版书出版，却直到三年后才被发现。

另一件让我感兴趣的事是，中国的诗人们对于横写和简体字没有任何违和感。他们认为那是理所当然的，甚至还有人批评日本的诗人们过于执着于竖写。这些的确只有在中国才会出现，也有很多人经常写书法，这种时候他们又采用竖写。对方也邀请我用毛笔写些什么，我还有点儿犯难，最后我用平假名写了些东西糊弄过去了。因为不是汉字，所以谁也看不出来书法功力的高低，我虚张声势地说那是我们日本人所创造的终极简体字。

在重庆体验了很恐怖的事，那是一种叫"滑索"的东西。电缆横跨在峡谷宽窄的深约百米的嘉陵江上，用安全带将脚固定住，手绑在绳子上吊起来，利用滑索向下滑行。同行的中国诗人中有好几个人推说脚疼，或者宣称已经滑过而拒绝了，我在好奇心的驱使下试着滑了下。在起点的台子上往下看去，我瞬间就后悔了，但是为时已晚，仅仅十几秒就滑到对岸去了，连挥手的时间都没有。但是滑过去之后就是天堂了，因为可以躺坐在雅致的竹子做的龙椅上，让人抬着上山了。抬着我的是山对面的两位农民，在上陡坡的时候前后两人会传来急促的喘息声，听来稍稍有些于心不忍，于是假装自己是古代年老的皇帝，来欺骗自己的良心。

在中国期间我住过因为断水而无法冲洗大小便的留学生会馆，但是在上海下榻的宾馆可以收看 NHK 的电视节目，可以比肩日本，反而有点儿无趣。看着窗外上海光辉灿烂的高楼群，电视里热议的重庆国企大规模裁员的新闻仿佛是异国他乡的事情一样。在上海博物馆看了去年因时间关系而没看成的少数民族服装和日常用具，被其华丽所倾倒。相比之下，那些特意宣称是艺术品的东西反而令人生厌。所谓艺术、文艺之类的东西，其实都是从日常生活中产生的。失去了生活的美，就算我们得到了那些艺术品，难道真的会幸福吗？

对这个国家来说，先不论美，至少可以在饮食中体味到生活的健康。只需不到三百日元，就可以吃到盛在不锈钢碗碟里丰富而美味的早餐自助餐，让人至今仍然精力充沛，这应该是与日本的中华料理似是而非的中国菜的功劳吧。明天是中华人民共和国成立五十周年纪念日。

十月十七日（周日）

酷暑过去，终于感受到了秋天的丝丝凉意。户隐市"LAMP"（灯）咖啡馆。我们围坐在阳台的桌子旁支起火锅煮蘑菇。上午，在当地的蘑菇达人的指导下，我们满腔热情地在黑姬山登山道上捡拾蘑菇。但是，也许是受到叶子开始变红的树木以及路上的熊粪的干扰，收获并不让人满意，锅里的各种蘑菇都是前几天蘑菇达人亲自捡拾的。他用筷子一个一个地夹起来告诉我们它的名字，我却转过头就忘了。我学着冷笑话大王河合隼雄先生，说这个不是松茸，而是"く

びったけ"（神魂颠倒），又说那个不是毒蘑菇，而是"も
うたべたっけ"（吃过饭了吗），肆意地胡乱给它们取名。

昨天晚上我们在户隐神社中社旁边的旧寺院，如今的"久
山旅馆"铺有榻榻米的会场，举行了"聊天、朗读与音乐聚
餐会"。河合隼雄先生负责演讲、吹奏长笛，河野美砂子弹
钢琴，我负责诗朗诵，活动由"LAMP咖啡馆支援协会"主办。
这个协会其实只有会长（我）和副会长两人组成，副会长山
田馨先生在繁忙的编辑工作之余挤出时间，在当地人的支持
下成功地促成了这次活动。虽说活动的成功原本是因为山田
先生与当地的"LAMP"咖啡馆的店主高桥夫妇长久以来私
交甚好，但是能够请动超级大忙人河合先生参加我们的活动，
我只能将其归功于山田先生的人格魅力了。

由当地志愿者表演"越天乐"祭拜户隐的神明之后，活
动由河合先生的主题为"自然与治疗"的发言开始。他说，
对于心理上受到伤害的患者，他所能做的只有"什么都不做，
陪在他们身边"，一边引用老子的《道德经》来解释，但是
所谓的"无为"并不是真的什么都不做，而是必须以"全身
心地爱他们"这样的博爱之心为前提。在他提到《记忆中的
玛妮》这部儿童文学作品的时候，河合先生一时间潸然泪下，

哽咽不能言。故事的主人公是一个从小失去了双亲的小女孩儿，在被福利院收养期间，她变得整天面无表情，感情丝毫不外露，而收养她的佩格夫妇真正做到了"全身心地爱她，什么都不做"。

哽咽不能言时河合先生的心境是怎样的呢，这本不该妄加揣测，他应该满脑子想的都是一直以来所接触过的众多患者吧。他那丝毫没有感伤与自我陶醉的眼泪，分明昭示着他所从事的工作的紧迫、艰难和苦涩，让我至为感动。自然固然拥有使人康复的能力，但是仅仅依靠自然人类是无法痊愈的。河合先生虽然感叹"要是我也能变成一棵树一块石头就好了"，但是为了能够"什么都不做，全身心地爱"，需要多么伟大的人类能量啊。况且就算在父母儿女夫妻等至亲的人际关系中，能不能做到那样还得画一个问号呢。在我听来，河合先生的话中所反映出来的人际关系绝不仅仅停留于心理治疗专家与患者的层面。

活动的第二部分，首先是河野女士弹奏巴赫的《耶稣，我心所慕喜乐》，她也是位诗人。弹奏期间，由于河合先生说的话的余音还萦绕在脑子里，因此乐曲也更加沁人心脾。我年轻的时候就很喜欢这首曲子，但直到中年以后，才逐渐明白，对人来说，拥有梦想是多么幸福的事，哪怕梦想无法成真。武满彻生前曾说过："坚持'希望'，使之成为无限的确定的现实，希望将无穷无尽。"我一边听着美妙的旋律，一边品味着他的话。

　　河野女士弹奏了巴托克的《小宇宙》、武满彻的《雨中树·素描》和德彪西的《儿童乐园》，我朗诵了诗集《裸体》，而新进长笛演奏家河合先生吹起了德彪西、西蒙内蒂的作品以及《故乡的秋》《红蜻蜓》。加演曲目是由武满彻作词作曲、河野女士编曲的《小小的天空》，以钢琴、长笛和歌声的合奏结束了今天的表演。由于预算有限，我们没有准备鲜花，但是可以确定，不管是听众还是演出人员以及主办方都非常喜欢今天这个小小的集会。我们三个人分别做了自己专业领域内擅长的心理学发言、钢琴、朗诵，也从前来参会的观众那里获得了入场费，但是这次户隐之行并没有让我感觉是来工作的，反而更多地感受到娱乐的喜悦。

　　这当然很大程度上得归功于这里秋天美丽的自然风景，而更重要的，还应该感谢策划了这次活动的山田先生和当地的人们。山田先生能够不分工作与游玩，有着与众不同的人格魅力。在他与生俱来的不可思议的亲和力的感召之下，会聚一堂的当地人也付出了很多努力。他也是个蘑菇的狂热爱好者，其对蘑菇的了解程度不输于至今为止总共吃过二百零三种蘑菇的那位蘑菇达人。锅里的蘑菇也逐渐越吃越少了。

喝啤酒喝醉了的山田先生不管对方是谁，凑上去就亲，这让人有点儿尴尬，不过今天就暂且饶了他吧。

十一月三十日（周二）

　　一张宽四十五厘米、长一百八十厘米、高七十七厘米的手工制作的长方形桌子横跨在我的床上。因为装有滑轮，所以能自由移动。我以前会用它来放咖啡和烤面包之类的早餐，如今专门用来放书。看过的书、正在看的书、想看的书和杂志等都会放在上面。直接将这些书名罗列出来也没什么意思，我还是随机地引用一些语句给你们看看吧。

　　"距今二十二年前，全国有一百九十九家脱衣舞剧场，估计共有一千三百九十三位脱衣舞娘在这些舞台上狂欢乱舞。""我想，如果婴儿拥有成人的知识和智慧的话，那么人类就连走路都学不会了吧。""二十世纪九十年代环境污染变得异常严重，而且，语言污染也愈演愈烈。""二十世纪的时候人们喜欢汽车。有人甚至将车拟人化。那么人们对于电动汽车是不是也同样喜欢呢？这是在思考汽车的未来时一个非常重要的问题。""十九世纪以前，文学不是采取对话的形式，而基本上是采取独白的形式。与如今世界上的普遍看法不同，当时能说会道的不是女性而是男性。在世界各地的所有的图书馆里，能够听到男人们面对着自己讲故事的声音，讲的基本上都是自己的故事。"（作者和译者诸君，请原谅我在此肆意引用。）

从上面的这些引文中，就可以看出现代日本社会上出版流通的书籍是多么丰富多样，不过，也许这只是我脑袋里的混乱状态的反映。可能是从小在书堆里长大的缘故，我对书喜欢不起来。随着年龄增长我越发觉得，比起从书里获取的知识，从实际生活中得出的智慧更加重要。那个时候我理想的读书状态是，对于想看的书，不是直接到书店买，而是去图书馆找出来看。然而实际情况却不能如我所愿。出版社和作者送给我的书，就算没有一读的兴趣，我也会翻开来看，很多时候看着看着就被吸引到书里面去了。

最近，我一点儿一点儿地看着一本叫《今天吃的什么？》的书。开头的前言中这样写着："这本书基本上是比吕美（伊藤比吕美）同'猫女士'（枝元奈保美）两个人的传真往来。而且，这些都是过去的事，大概也夹杂着一些虚构的东西……比吕美在家庭与家人的现实和理想中痛苦不堪……而'猫'在两个男人与工作之间不知所措……"伊藤女士是位诗人，也是我的好友。所以对于这本书，我有着私人方面的兴趣，不过更加重要的是，书中生动地展现了两位四十多岁的女性努力生活下去的生活日常，有趣而真切。此外，每天与众不同的饮食读起来也非常新奇，看得我不禁想要学一学。

"在铝箔纸上再加上一层烤箱纸，包上海带，再放上鱼、蘑菇，包好后用烤箱烤……今天吃的是盐和清酒腌制的三文鱼生鱼片、舞茸配海带。舞茸真的很好吃。"或者："将茄子用微波炉加热，撒上盐胡椒、罗勒、黑醋。将鲑鱼用红酒和罗勒腌制后，用橄榄油烤熟，再撒上罗勒和柠檬。将冷冻蔬菜和冬葱一起小炒后放入鸡汤里熬煮，再撒上罗勒。"有的时候还发牢骚说："……跟你们说清楚，我吃腻了自己做的饭，出去吃也吃腻了。能吃的真是太少了。"

二人之间私人性的传真往来，创造出了一种男人写不出来的风格，它已经不只是私人的东西了，更形成了一种全新形式的往来书信集。由于身份相似，我第一次真切地体会到了以工作求独立的女性生活的艰辛。要是能有更多的男士有兴趣读这本书就好了。这么想是不是有点儿自私呢？

　　新泽西的一家出版社寄来的一本书刚刚送到了。它是一本日英双语、附赠CD的书，书名叫《日本现代诗的六个人》，其中就有伊藤比吕美。它是我自己从各个年龄段选出男性三人（石田道雄、辻征夫、我）和女性三人（永濑清子、石垣邻、伊藤女士）共六位诗人，在儿子的录音室朗诵录音，甚至还曾飞到美国，在很多人的协助下制作完成的，所以收到书我很高兴。两张CD收录着相当于一百七十页纸的诗歌选集，定价四十美元，以纪念已经去世的永濑女士。书中收录了伊藤女士的《我是安寿姬》，将她那富有感染力的朗读与《今天吃的什么？》一书放在一起品味，我们可以发现某种精神与肉体合二为一的东西。在我看来，我们在可以讨论这种东西的同时，只能努力地活下去。

　　"我从小就很喜欢画画，小学的时候只有绘画和唱歌得了'甲'等，其他科目都差得一塌糊涂。这种情况一直持续到现在，如果我的手不抖的话，我想恐怕现在我就不会去写诗而是去画画了。我现在写完诗也没什么成就感，画画的话就好多了……"年逾九旬的石田道雄先生总被人说"就算上台也是一言不发"，而今天，面对担任主持人的我问的问题，他却断断续续地给了我回答，观众们笑意不止。我们在岐阜县美术馆的高清大厅进行的对谈，在"'存在'的不可思议：

佐藤庆次郎与石田道雄展"这一活动名下，拉开了这次不可思议的展览的序幕。

石田先生是位诗人，因此场内自然有制作成展板的诗歌作品。不过，它们是与抽象绘画的彩色复制品一体设计的，看着看着，我们都跑去看别的展板上展示的原画去了。那些绘画作品都是石田先生画的。那么，作曲家佐藤庆次郎先生的作品又是以何种形式展示的呢？从麦克风里听不到音乐声，四下寻找也没有发现墙壁上有乐谱。取而代之展示的是几个大小不一的会动的立体作品。说是会动，但不是像机器人那样动，也不是活动雕像，而是有一些小球和环垂直吊着，沿着钢丝轴上上下下，这些钢丝轴有的地方被弯曲成圆形。据说其全部都是根据磁力而运动的，并没有经过严密的计算。

最大的作品由四十根高度超过两米的轴构成，被命名为《岐阜芒草群99》。白而轻的小球一齐转动，而且各自的速度稍微各不相同，发出轻微的声音，上下移动。看起来的确像是某种新芒草。我曾经写过这样的话："在它枝干轻微的摇曳中，寄居着生命……磁力同风、光一样，也是自然诸多伟力的一种，我们真的拥有真正的人造之物吗？铁也是从土里挖出来的，所以这些钢铁的芒草也有根啊。"

石田先生的绘画和诗，佐藤先生的不知该怎么称呼的艺术，两者的组合一点儿也不唐突。它们并不是相互和睦友好，但也并不针锋相对。不管是石田先生的作品还是佐藤先生的作品，只是在那里"存在"着，不发表自己的主张，也不恃宠而骄，也没有多余的谦虚，只是如同花草一样朴素而丰富地存在着。也许可以说，将它们放在美术馆封闭的空间里之后，它们将其变成了一个新的开放的空间。这应该是二人作品的魅力吧。作品确实有其魅力，但我想说，孕育出这种魅力的是作者的人格魅力。这一空间里充盈着舒畅的恬静氛围……佐藤先生虽然与石田先生不一样，很健谈，但在他们两人内心深处，都隐藏着一种超越语言的东西，那种东西孕育出了这种恬静。

"比如说一张白纸，用铅笔这样写写画画，白色的部分就不见了，但是需要很多的时间。这里看看那里看看然后画下来，现在已经不会感到腻了。虽然我不知道这是不是做无用功，但就是不会腻……用铅笔一层一层地反复画，纸可能就会破，画破之后，我就会由衷地开心，就会发现意想不到的东西……"

聊绘画的时候，石田先生饱含热情。长期研究石田先生的专家谷悦子女士指出，画画时候的石田才是真正的石田。不同于写歌词、写诗，画画的时候他才是满含着喜悦之情来画的。与句子短小、留白多、极度凝练的诗相比，石田先生的画丝毫不留白，用线条与色彩填满整个画面，对此我很惊讶。也许这些都是从石田先生的潜意识里自动涌现出来的灵感吧。而佐藤先生的风格更接近于无意识写作。石田先生坐在谷女士、佐藤先生和我之间，就那么气场强大地存在着，多么悠闲而又富有威严。当石田先生说"总之画画就是很开心"的时候，我问他："写诗不快乐吗？"他立马回答说："嗯，多数时候很痛苦。"

空中的 / 水滴？

歌声的 / 花蕾？

若我用眼睛的话 / 可以抚摸它们吗？

——石田道雄《小鸟》

二〇〇〇年一月十八日
（周二）

　　昨天从早上开始，雨一会儿变成雨夹雪，一会儿变成雪，我的心情也同天气一样，今天天空终于放晴了。我穿上以前做的黑色衣服，稍微有点儿紧，坐地铁到四谷站，又从御茶之水站换乘坐到东船桥站，出地铁站，在那里和几个朋友会合，如果不是这种特殊时刻，我们越来越少有机会见面。我们一起从地铁站附近坐迷你巴士赶到殡仪馆。到的时候，正门已经摆好让征夫先生的遗像了。如今，我们只能从照片里见到他了。

我是什么时候认识辻先生的呢？已经想不起来了，但我至今清楚地记得，一九七三年我负责编辑的诗歌杂志《尤里卡》（*Eureka*）①的临时增刊中刊登了一张照片《辻征夫的一天：这里多云》，当时是我采访辻先生的。当时他三十三岁，已经出版了第二本诗集《今为吟游诗人》，而我已经是他的粉丝了。那天从早上七点至晚上九点，《尤里卡》杂志对辻先生进行采访，用辻先生自己的照相机记录了他一天的实际生活状态（与我的生活大不相同）。比如说，报道中附有这样一段文字。

　　"当那天没有必须做的工作后，过了五点我就立刻回家。我不喜欢没什么要紧事还磨磨蹭蹭的。同样地，我也不喜欢在酒席上经常讨论的上班族话题，也就是人事问题。喝酒的话，最好还是'两人对酌，如赏花开'，城市里没有花的话，那么我们只需在自己心里栽培花就好了。"

　　从一开始，我就不仅对辻先生写的诗感兴趣，同时也对他的生活方式感兴趣。他辞去思潮社的编辑工作后去歌舞伎

---

①　"Eureka"一词为古希腊文感叹词，意思是："我找到了！我发现了！"——编者注

町的后台干过一段时间，后来去了东京都政府经营的住房服务公司工作，他与一般所谓的诗人气质稍有不同，也许是从他身上可以感受到一种正经生活的人的味道吧。说他是正经生活的人，辻先生可能会生气。因为他说，他坚信在公司上班和写诗是不能两立的。虽然我几乎对辻先生的个人生活一无所知，但是通过读他的诗，我可以清清楚楚地感受到，他就生活在这个并非想象的现实世界。与成长于东京西边的田野旁边的文化住宅区的我不同，辻先生出生于本所，成长于浅草，虽说我们都是东京人，但是我们所承载的文化却是不一样的。也许可以这样说，虽身为知识分子，但他拒绝归属于知识阶层，选择站在大众一边。也许是这个缘故，辻先生从小时候开始，虽然保留了浓厚的少年特质，却比我们这些人成熟多了。

辻先生的诗中，以及他功力不输于诗的洗练的散文中，都有一种舒畅的时间感，从这种时间感中产生了高雅的幽默，但是能够做到这些并不是因为他过着欢快的生活。生于怀基基，经历过第一次实弹射击后，他这样写道："我在每一发子弹中都加入自己的感情，射击几十发后，心里还是觉得没有发泄够，每次想到在那个小岛上的日子，这些感情就禁不住地往外涌。在这些感情的作用下，我决定要出版新的诗集。"收录了这篇文章的《与萌芽而出的嫩叶对峙》一书成了辻先生最后一本诗集。与书同名的那首诗的最后一节让我的心蠢蠢欲动。"这里有一位浑身是血的抒情诗人／他爽朗地歌唱道／每个人都浑身是血。"写这首诗的时候他从自行车上摔下来了，就如文字所说的，浑身是血。没有这些事实的话，他是不可能使用"浑身是血"这样的表述的吧。"浑身是血"这样的比喻正是因为有了这样小小的现实前提才显得幽默风趣，正是因为幽默风趣才真切地打动了读者。

诵经完毕后，与辻先生熟识的亲朋好友开始走到祭坛前面对着他的遗像致告别辞。大家都用现在时态表达哀思，而没有使用过去时态。在大家还没开始写诗的生命过程中，都需要和依赖着辻先生。我烧完香后出去，看到外面停着一辆金光闪闪的灵车。如果这个时候辻先生还活着的话，他应该会沉默吧。不过，就算他沉默，他还是会觉得有趣而作诗或俳句一首的吧。我以前曾经嘲讽他："为什么到了现在突然要写俳句呢？"但是这一点儿也不妨碍我满心期待着有一天能够在俳句诗友会看到他。我喜欢他的一首俳句，虽然并没有怎么得到别人的好评："盂兰盆节已久舞，借问阿婆可愿归？"当时听了就想，辻先生肯定就同这首诗中说的一样上了年纪，一边想一边羡慕不已。先生去世之后，这种羡慕之情依然没有消失，不知是什么原因。

二月十九日（周六）

　　今晚又要演奏之前演奏过的武满彻作曲的《颤音琴协奏曲》了。来到舞台上一看乐谱，突然发现自己之前完全没有接触过这首曲子，狼狈不堪。我想，这是做噩梦吧，做噩梦的话应该会有梦醒的时候的。我这么一想，就醒了。武满根本就没有创作过什么《颤音琴协奏曲》。我总觉得自己被武满戏弄了，但是并不生气。

　　如果是关系好的朋友举办的音乐会、展览或者话剧的话，我会去看的，但是平时几乎没怎么去过。然而今天突然心血来潮，乘坐公交来到东京歌剧城的 NTT 国家交流中心看（或者应该说听）"声音艺术：作为媒体的声音"展览。宣传册上写着："本次展览利用传感器和影像等资料，聚焦于更加有意识地将重点放在'声音'上进行艺术创作的作家们身上。他们的作品利用环境音、电子音、生物发出的声音、自制乐器的声音，甚至电子机器自身发出来的噪声以及物理现象中伴随着的极其细微的噪声，将把我们卷入其中的现象当作未知的听觉体验来进行发觉。本次展览将利用这样的'声音'媒体进行创作的两组共计九位作家的作品，不仅放在一般的展示空间中进行展示，还会利用消声室、展览馆外的空间进行展示。"

我战战兢兢地走进消声室。一个人坐在密闭房间的椅子上后，周围变得漆黑一片，椅子上装有紧急呼救按钮。如果无法忍受高分贝声音的话，负责的工作人员就会冲进来解救你。她们亲切地鼓励我，看起来就像医院的护士一样。声音响起后，后背阵阵发凉，因为麦克风振动之后产生了阵阵微风。原来这就是宣传册上所说的"去音乐"的声音啊。但是，机器所发出的巨响远不及雷鸣。不过，我仍然感觉像是被声音按摩过一样走出消声室。

对面名为"观察到的光的状态：光度分布与变化"的作品中，即使靠近麦克风也几乎听不到声音。这是"通过亮度产生能量进而产生的声音来记录馆内照明状况的尝试"。除此之外，常设的展览作品中，还有的是将机械背在背上、装上头部显示装置后的三个人在黑暗中来回走动，通过声音和光线来测算与他人之间的距离；还有的作品是周围放上四面大屏幕，上面显示着外国人野餐的场景，点击按钮之后就会有一只狗叼给我们一根木棍；还有的作品是让人戴着 3D 眼镜，周围抽象的立体影像会让你沉浸其中。我的心情慢慢变得如同在高级主题公园游玩一样。

不管是什么作品，都必须首先有一个类似概念的东西，在此基础上花费大量的精力、时间和金钱之后，"作品"才真正完成。这一过程不同于传统的音乐、绘画和文学创作，不是作家内心深处的反映。如果这也算是"艺术"的话，那么艺术所应该追求的美又去哪儿了呢？我沉浸在一种老旧的感慨之中。

在我认识的岩井俊雄先生的作品《七种记忆》中，我发现了这种美。标本箱里小小的艺术作品上放着半透明反射镜合成的电脑视频，没有声音，兀自漂浮着，精致可爱，美丽极了。袖珍本上转动的立体几何物体，从玩具键盘向软盘流动的字母，按下触摸屏的快门后出现在影像中的自己的脸，同概念相比，这种有着更加轻松的游戏思维的设计被戏谑为最新的科学技术。

在馆内的"甜美生活"（Dolce Vita）餐厅里，我就着红酒品尝了意大利香草橄榄油面包，这就是所谓的大都市的"甜美生活"吗？之所以让我感觉是在旅行一样，大概是因为这里的一切都远离了自己平时的生活吧。从日常的琐事中解脱出来，忘却与他人之间的纷争，也不忧心地球的未来，只享受这样的瞬间，然而，这样做心里还是稍微有些愧疚。

与观众稀少的"声音艺术"的会场截然不同，艺术画廊的"难波田龙起展"人声鼎沸。九十七岁去世的画家在二十世纪九十年代的某一时期画出了题为《生之记录》的名作，最后的作品名为《病床日记》。虽然标题类似，但他的创作态度与"声音艺术"的作家们明显不同。难波田先生的抽象性是从生存的具体性中孕育出来的，而"声音艺术"作家们则是从理念出发想要探索生存的具体性而未能成功。一个人徘徊在这由石头与金属打造出来的巨大空间里，既欣喜又不安。

　　小学三年级的香织和她六个月大时就认识了的好朋友
祥子，似乎是因为昨天在大雨中游览迪士尼乐园而玩累
了，现在并没有表现出很高兴的样子。两人头戴方巾，
穿着短裤和运动鞋，一直亲密无间地沉浸在他们自己的
世界里。我们一行在上午九点半从东京站乘坐一日游观
光巴士，现在到达皇宫前广场，正在以二重桥为背景拍
摄纪念照片。我在四十多年前也曾经坐观光巴士拍过纪
念照片吧。当时我和从京都过来的伯父伯母一起，在吉

原观看了花魁游街。今天的巴士与当时不一样，是德国生产的双层巴士。

虽然没有当面对我说，香织私下里好像叫我"恋屎狂"。看到香织读着我写的《尿尿》《臭臭》等诗而高兴的样子，她妈妈教给了她"恋屎狂"这个词。我是在加德满都第一次见到这位有点儿怪异的母亲山本真弓女士和她的女儿香织的（两人都可以熟练地使用尼泊尔语、英语和日语）。她当时的身份是外务省外派的调查专员，如今是山口大学的社会学副教授，著有《尼泊尔人的生活与政治》一书。她看起来一点儿都不像一位学者，精力充沛，有些男性气质，最初是被人介绍认识了我的好友佐佐木干郎，后来以我去山口县参加中原中也诞辰纪念为契机，我们熟络起来，她和干郎、我三人逐渐聚在一起胡吹乱侃。所以这次她带着孩子利用春假来东京旅游，我就陪同他们四处游玩以尽地主之谊。

小学生们对楠木正成①的铜像没什么兴趣当然可以理解，

① 楠木正成（Kusunoki Masashige，1294—1336）：即楠正成，日本南北朝时代的南朝武将，在凑川之战中战败自杀，是日本忠臣与军人的典范，被称为"武神"，明治政府在皇宫前广场为其立铜像纪念。——译者注

但当四十出头的山本女士问我"这是谁呀？"的时候，我略为惊讶。"小学的时候我参加学习成绩汇报演出，我扮演正行，喜欢的女生扮演正成，我们一起演绎樱井驿诀别[①]的情景，但是后来我因为发烧而没有参加正式演出，我至今都感觉遗憾。"我这样回答了她，但这基本等于没有做出任何解释。我历史学得不好。我们又爬上巴士来到了浅草，由于到午饭之前可以自由行动，所以我们省去了参拜观音菩萨的时间，来到各国语言交织的商店街闲逛。山本女士说要给孩子们买东京特产，但迟迟难以下定决心买什么。最终两人一合计，选择了早安少女组的垫板，一共花了八百四十日元。由于在山口县不卖这些，所以这也可以被称为东京特产了吧。我是"脸盲"，早安少女组合里女孩儿们的一张张脸是彻底分不清了。

午饭吃了天妇罗后，我们从吾妻桥边出发乘坐水上巴士，这种巴士类似巴黎塞纳河上的游船。宣传册上写着"始于一八八五年"，这种巴士一八八五年就有了，以前被称为"一文钱蒸汽船"。如今看看这些船的名字，"海舟""道灌""马可·波

①　樱井驿诀别：1336年，凑川之战前夕，楠木正成行军至樱井驿时，似乎察觉到了自己的命运，将自己年幼的儿子遣回乡，嘱身后事，并决心死战，即日本著名的"樱井驿诀别"。——译者注

罗""威尼斯""江城"（Rivertown），夸张得让人有些不好意思。讲解员告诉我们隅田川的名字源于"澄清的河流"，我看着河面上到处漂浮着水鸟，推测河里也栖息着各种鱼类。我们穿过了几座大桥，当我正想着大桥里面果然没有外国名字时，前面的一座"Rainbow Bridge"（彩虹大桥）映入眼帘。我们在日出栈桥下船，之后乘坐"百合海鸥"号列车。

年轻的导游十分幽默。在讲解自动检票机使用说明讲到一半的时候，突然害羞地问："大家应该都知道吧？"我就像看表演一样地注视着她。她手里举着的黄色旗子与晴朗的天空十分搭配。我们有好几条可以选择的游玩路线，最后遵循香织和祥子的意愿选择了临海副都心线，去参观富士电视台。他们俩只顾着寻思能不能偶遇喜欢的电视艺人。我自己也是上过电视的，但应该不会被认为是电视艺人吧。乘坐电梯来到七层，大风强烈得仿佛会把我们吹走一般。从二十五层的球形眺望室所鸟瞰到的风景，应该是太田道灌和胜海舟都无法想象的吧。我觉得，从高处俯视众生，未免有些轻薄于人类了。之所以人人都想往高处爬，难道不是因为看不到人们肮脏不堪、汗流如注的细节，是一件令人愉悦的事吗？

我们再回到起点时已经四点多了。对于这样的观光旅游究竟会给孩子们的心灵留下些什么，我真的没有把握。因为香织想要买和祥子一样的儿童用系列手账，我们来到银座的文具店和百货商场四处寻找，终于买到了一样的。还一起买了圆珠笔，油墨是粉红色的，有草莓的香味。或许，这种草莓香味才会一直留在香织的记忆里吧，我这样做着普鲁斯特式的思考。山本副教授说："此时此刻我被女儿抛弃在一边了。"言语之中既有不安，又隐含着喜悦。

餐桌上烛光照耀，桌子底下名叫普雷托的猫咪正等待着我们的残羹剩饭。前菜是青芦笋拌切成丝的煮鸡蛋，抹上化开的黄油；主菜是铁锅蒸煮的鸡肉，撒上混有香草和奶油的甜甜的大黄酱；配菜是奶酪、有名的萨姆斯岛出产的刚上市的土豆和黄瓜；餐后甜点是抹上了大黄酱的有机冰激凌；酒是梅德克红酒。这就是我们昨晚的菜单。它不是什么奢华的东西，而是典型的丹麦家庭料理，是只有在哥本哈根的餐厅才能品尝到的美味。

一位快要迎来七十二岁生日的丈夫雅恩，他从一位园艺师转行成为一名画家，他抽象的画作中，一直让人感觉到隐藏着花草的颜色与姿态。深爱着雅恩的妻子柯尔斯顿默默地守护着他，她在第四次婚姻中才终于抓住了自己如今的幸福。这些都是她的表妹苏珊娜告诉我的。苏珊娜是位诗人，她将我的作品翻译成丹麦语，不久前与丈夫离婚后，她从美国回到了故乡丹麦。在哥本哈根西北面，相距三百公里的日德兰半岛上有一个叫锡尔克堡的城市。那里的美术馆收藏了苏珊娜的父亲阿斯格·尤恩①的很多作品。阿斯格·尤恩虽然在日本不怎么为人所知，但他是一位国际知名的画家。

　　阿斯格·尤恩的作品如同自由爵士乐的即兴表演一般，有着超现实的色彩与触感，它们没有被画框装饰起来，而是以一种近乎粗暴的力量冲击着观众的内心。作品中有长达十四米的挂毯、数量庞大的陶瓷器和雕刻，他的创作热情可以与毕加索相媲美，但是与后者不同的是，比起眼睛所见的现实，阿斯格·尤恩更加相信潜藏在自己内心深处

---

① 阿斯格·尤恩（Asger Jorn，1914—1973）：丹麦艺术家，欧洲抽象表现主义代表人物，眼镜蛇画派创立者之一。——编者注

的混乱和无秩序状态。据说他与让·杜布菲也私交甚笃，美术馆的外壁上挂着杜布菲的画作。与阿斯格·尤恩相比，杜布菲的作品仍然能让人感觉到秩序的存在。我从年轻的时候开始就迷恋上了汉斯·魏格纳设计的椅子、桌子之类的家具，他的设计以白色和木头的质感为基调，营造出了丹麦那秩序井然的室内环境，而这种秩序井然同尤恩作品的混沌风格所形成的对比，我将其解读为人类的意识与潜意识的对比。

从照片上看，阿斯格也是位相当帅气的美男子了，用苏珊娜的话来说："他是个让女人迷恋的男人。"因而她对父亲的感情并不单纯。现在，苏珊娜将小时候父亲为她画的油画拿出去拍卖了。据说，仅仅一幅油画就可以让她在哥本哈根买一栋别墅。听起来令人艳羡，但是不难想象，对苏珊娜来说，放弃那幅油画是一件多么痛苦的事啊。虽然我嘴上依然安慰她：你父亲一定会为你崭新人生的起航而感到高兴的。

锡尔克堡还有一件稀罕物，那就是保藏在玻璃箱中年龄已达两千四百岁的铁器时代的男子遗骸。据传，其是一九五〇年从附近的泥炭层中发掘出来的，看着他那皮革帽子下看起来几乎是青铜雕刻般的面部表情，我的心不禁怦怦地跳个不停。男子的脖子周围还残存着绳子的痕迹，可以确定是因绞刑而死，但宣传册上说他不是因犯罪而获刑，而是作为宗教祭祀的活祭品被杀死的。他死后眼睛和嘴都被人用手合上了。但是，就算不知道这些背景知识，他的表情中所反映出来的沉痛的安详，让我想起了人的尊严这个词。从活着的人中很少感受到人的尊严，而从死者脸上感受到的又太过生动真实。但是，这个被称为"图伦男子"的男子脸上，却烙印着只能将生死交由时间与自然掌控的人类的命运，而且他还告诉我们，这种宿命绝不是悲惨的。

从二十三日抵达哥本哈根以来的一个星期，苏珊娜和我一直埋头于连续几天的采访和朗读。在一个名为"二十世纪的二十位诗人"的系列出版计划中，我的诗集也被作为其中的一本书而出版了，但是令我受宠若惊的是，进入这一系列的还有叶芝和格特鲁德·斯泰因这些伟大的诗人。在丹麦，诗人们可以从国家获得专门的补贴来维持生计，不依赖补贴为生的诗人会被指责为不纯粹。一位评论家感叹说："我们都被惯坏了。"在丹麦，不仅老人，诗人和作家都受到特殊照顾。

这也许是一件好事，但是比起同时代的同行们，那位在两千四百年前被绞死的男子更让我感觉亲切。那名男子同我们一样，在同一片天空、同一轮太阳、同一片星空之下，同我们一样在这片土地上生活过。这种想法变成了一种激励，让我觉得二十世纪也不是那么脆弱的时代嘛。

六月二十九日（周四）

　　我家接收邮件的窗口稍微有些奇怪，安装在不锈钢门上的窗口长宽约四十厘米，邮件可以从那里直接滑落到玄关旁边的小屋里去。放在垫子上的黄色的塑料大箱子会接住那些邮件，它还可以用来运送机械零部件，就是俗称的周转箱。几年前的一个夜晚，有小偷从那儿钻进了家里。

　　有一天，我发现闲放在二楼包里的现金不见了，感到很奇怪，第二天晚上躺在床上的时候，突然听到楼下传来叮当一声轻响，接着一直嗡嗡嗡地工作着的冰箱声音突然停止了。

怎么看都不像是停电了，肯定是有人把楼下的电闸关了。我不情愿地拿着手电筒战战兢兢地走到楼下，当我把电闸推上去后，发现玄关旁边的小屋隔板的墙壁上有很脏的运动鞋踩过的足迹。或许是因为那双脚印很小，我并不觉得害怕，出声喊道："出来！"然后一个小学五六年级的小子出现在面前，噘着嘴。他看起来像是被对面的墙壁给挡住了，无法挣脱的样子。我怀疑他还有同伙，赶紧查看屋外，只见一辆自行车明目张胆地停在外面，车座上搭着一件夹克衫。

有一个瞬间我在考虑要不要报警，但随即一想，对方还是个孩子，半夜做笔录也很麻烦。我问他昨晚是不是也来了，他摇头。之后不管我问他什么他都拒不回答。我推测，昨天晚上偷走现金的应该是这家伙的狐朋狗友。可能他的朋友告诉他，有一户愚蠢的人家，家里的现金随意放着，可以从收邮件的窗口钻进去，还怂恿他，你也去试试看吧。肯定是这样。谨慎起见，我吓了那个小孩儿，你下次再敢来我就报警了，还要告诉你的家长。然后我就放了他。那家伙连声"对不起"都没说，就跨上自行车溜走了。我事后诸葛亮地想，刚刚要是把他自行车上的名字和住址记下来以防万一就好了。对于自己的这番处理到底合不合适，我完全没有把握，我所考虑的仅仅是，如果没有在拉电闸上面花一些小心思的话，刚刚小偷就已经得手了吧。第二天，我赶紧去木匠店买来了圆木棒，从里面将其安装在邮件窗口上，防止人从这里进出。我记得，做这件事的时候我不知为何暗自高兴。从这以后家里再没有进过小偷，但我一肚子的怨气却一直无法得到消解。我的怨气不是针对小偷，而是反过来，针对的是那繁多的邮件，这已经是几十年来的情况了。

我已经记不清从什么时候开始，有邮件送到家里已经不再是一种喜悦，而变成一种痛苦了。我已经受够了那些直邮，受够了那些企业的宣传册子了，完全没有兴趣翻阅它们。我会习惯性地盖上"拒绝签收"的胶皮印章，这也是很久以前的事了。当我明白不管做什么都是徒劳的时候，我开始放弃抵抗，觉得这是自作自受。即便如此，杂志之类的还好，别人寄来的书如果置之不理的话，我心里会过意不去。不管怎么说，打开包装后将包装作为可燃垃圾处理掉也是一件很辛苦的事，所以在我心中，愧疚的情绪和无处宣泄的怒火就交织在一起。从几年前开始，我雇人每周三天来家里帮忙处理事务，让他在楼下的事务室帮我处理掉无须翻阅的邮件，只把需要我处理的私人信件和工作邀约相关的信件搬到二楼来。即便这样，只要有几天他不来，餐桌上的邮件（如今变成了传真）就会堆成金字塔一样，我只能缩在角落里小心翼翼地用餐。

近来我的态度变了。即便是熟人送给我的书，我也有权只在想读的时候选择其中有兴趣的来读。如果你去查阅宪法的话，一定有规定这项权利的条款吧。别人有求于我对我来说是一种喜悦，也是我的工作得以开展的来源，但是一旦超过限度就变成一种重负了。对于赠送给我的书，对于工作邀约，我从没有忘记感恩，但当其变成一种负担的时候，我为无法应承对方的好意而产生罪恶感的同时，也对造就了我的个人生活的现代多媒体的膨胀感到厌恶。这种心情好像是自己在摔跤场上为了避免被对方推出场外而努力坚持一样。虽然我看不清究竟是什么东西为了将我推出场外而不断推我，但我清楚自己想要守护的是什么。简单来说，我想要守护的是让自己悠闲无为的时间。也许有人会说，那种东西想要多少有多少，但我没有这个自信。

不知不觉这顿牢骚发得有点儿夸张了。哎？楼下又传来哐当一声巨响。辛苦了，邮递员师傅！我对你们没有任何怨气。而且，跟电子邮件比起来，我更喜欢你们红色包装的邮件。

七月二十三日（周日）

我是独生子，也没有经历过战乱，所以孩提时代的照片很多都留存下来了。那些照片一开始是在照相馆照的，貌似很多都经过了后期修图，慢慢地就变成由母亲来给我拍照了。在柯达的 No.2 型折叠自传皮腔布朗宁相机的使用说明书中，至今还夹杂着母亲年轻时候的朋友写下的笔记。上面写着："月夜以树为背景拍摄的淀川，将月亮置于树叶之间的位置，从而使得月光反射在水面上，十至十五分钟，在第十六分钟停止。"言辞恳切，感觉写下这些话的青年一定对母亲感情很深。

进入青春期后，我缠着母亲买来了当时卖得火热的理光双反相机（Ricohflex）。从那时，我开始自己拍摄照片，并且从那时以来，我手头上一直闲置着好几台相机。从双反相机开始装上佳能的测距仪，到出现单反相机，然后又出现了拍立得和数码相机，我一直忠实地追赶着照相机的进化轨迹。我买这些相机，并不单是为了家庭拍照，从我开始对照片与语言文字的奇妙组合感兴趣以来，也是为了自己的工作所需。从开始写诗后不久，我也开始写那些所谓"照片故事"的诗和短文，然后又扩展至纪录片和电影电视剧的脚本、绘本的文本之类，持续至今。我和摄影家一起合作工作的机会也很多。

今天在东京都写真美术馆同长野重一先生对谈。长野先生年长我六岁，但看了正在展览的长野先生的"这个国家的记忆"摄影展之后，我不禁由衷地感叹：他和我生活在同一个时代呀！最早的照片是一九四五年拍摄的《空袭中被烧毁的我家》，接下来还有在东京银座拍摄的《占领军的吉普车》《占领军的交通标志》等。这些照片让我产生了一种奇妙的怀旧感，但我的感受不止于此。那些过去的光景重现让我感觉就在当下一样。长野先生在记录时代变化的同时，也拍下了大时代背景下持续低语般生存着的普通人的生活。这些影像

ひとり暮らし　　233

告诉我们，从人类历史长河的发展来看，那些长达半个世纪之久的发生在我们身边的时代变化，不过是短暂的一瞬间而已。

对于拍摄对象，长野先生决不过多地移入个人感情。说起来可能让人觉得挺酷，但这里面其实有着城市人特有的轻微的犬儒主义倾向。长野先生在采访中说，当他成为自由摄影师之后，他发现对于以客观手法拍摄的照片依然可以有个人的看法。我想，主观与客观的微妙平衡，不仅对摄影，而且对所有创造性的工作来说都是必不可少的吧。对谈结束之后的提问环节中，有观众问："当你想要表现什么的时候，如何做才能避免陷入自我满足的误区呢？"对此，我的回答是："找到令你忘却自我的对象。"我很清楚，在如今这样的时代，想要找到这样的对象是何其之难。或许是看了在同一地点与长野先生的摄影展同步展览的"水俣·东京展"之后，我想要这样说。

当以水俣为拍摄对象的时候，自我表现这样的概念就消失得无影无踪了。拍摄水俣的摄影家们，都不得不将自己奉献给拍摄对象。如果他们没有被不管怎么拍摄都拍不尽的沉重而严峻的现实所吞噬的话，他们是无法逼近水俣真正的现实的吧。但是仔细想一想，现实不都是这样的吗？相较于拍摄对象本身，长野先生更注重于拍摄对象周边的事物。他将乍看起来与拍摄对象毫无关系的周边事物通通纳入镜头里，希望借此来抓住现实的深层。于是，摄影师本人并不居于拍摄行为的中心，而只是现实极其复杂的群像中的一环。

对谈中，单色照片与彩色照片的区别也成为话题的一个焦点，长野先生拍摄的照片大多数是单色照片，采用的基本镜头是二十八毫米镜头。对此，我也兴趣浓厚。在彩色照片中，目光通常被色彩吸引，而在单色照片中，我们的关注点在于拍摄物与拍摄物之间的多重关系，也即照片的构图。二十八毫米镜头最接近人眼的视角，这也是人们经常使用二十八毫米镜头的原因之一。但是，即便在我们仅仅注视着一个事物的时候，潜意识里我们依然将其放在与其他事物的关系中来进行观察。照片通过捕捉和固定一瞬间的景象，反而有利于我们注意到躁动不安的潜意识的情感流动。

我们将数码相机拍摄的照片添加在电子邮件的附件里，将大头贴和拍立得拍摄的照片与朋友交换。如今，照片已经成了人们日常交流中不可或缺的工具。长野先生说："将自己以白纸的状态呈现出来，不思前想后，轻轻松松地拍摄，这才是摄影的妙趣所在。"从他的这番话中，我感受到了他柔美年轻的灵魂。

以前在网上闲逛的时候，看到过一个名叫"射手座"的网页，不知道是谁做的。我是十二月十五日出生的射手座，于是试着浏览了一下，感觉很多都很符合，我就把它打印出来贴在冰箱门上。上面首先写着："射手座拥有感知缺失的能力。"接着又写道："他们总是能感觉到缺失了什么，然后去追求。可以说是理想主义者。他们很容易对毫无缺陷的、完美无瑕的神这样的概念产生好感，因此，很多时候他们对他人的态度都很宽容，但是，这也可能导致这种态度变成一种不怀好意的恶性宽容，并且产生以自己为法、以自己为准则的妄自尊大的态度。"我最在意的是下面这段话："射手座的轻率大概是源于他们'乐观地看待残缺'。对射手座来说，了解自身残缺的真相将是他们幸运的关键。"

年轻的时候我沉迷于贝多芬；中年以后有一段时间我喜欢伍迪·艾伦的电影；虽然称不上是粉丝，但我被胜新太郎的活法所折服；我非常喜欢詹姆斯·瑟伯的绘画和文章；对于吉本隆明我常怀着敬畏之心。他们都是射手座。射手座当中，还有松下幸之助、松雪泰子、土井多贺子、小林幸子、卡鲁瑟尔·麻纪（Carrousel Maki）、诺查丹玛斯等名人，我对他们没什么亲近感，但是如果仔细了解他们的人品和工作的话，也许也能发现一些共同的资质吧。

今天在新宿的小田急美术馆看了"寺山修司展"。展览非常有趣，可以说是下了一番功夫浓缩了位于三泽市的寺山修司纪念馆的精髓。在展览上，我看到了一群看起来有点儿阴郁的少年。我和寺山第一次见面的时候，他就和这些少年年龄相仿。一九五五年我看了他的第一部戏剧作品《被遗忘的领域》，惊叹于他那奔放肆恣的文字才华，于是去探望了正因肾病而住院的寺山。我俩性格相合，一见如故。随着我们交往日深，我慢慢地意识到了我们之间的不同，从他的工作中也感受到了很多违和的东西，如今回过头来一想，"乐观地看待残缺"的那种"轻率"，或许就是我俩同为射手座的共同之处吧。

当时肾病被视为不治之症，寺山因此接受最低生活保障入院治疗，但他看起来一点儿也没有生活困窘的样子，也没有看起来不幸。相比自己可能因这种病死亡，他看起来更担心今后该以何为生这样实际的问题。出院后我们一起在他那套小小的公寓里为广播台写脚本谋生，写完之后我们一起打扑克，不过输的总是我。总之，寺山是个"很走运"的人。他的运气，当然要归功于他的才华，但同时，我想也得益于他能够无视现实生活中的残缺的那份坚强，换句话说，得益于他那连肉体的"自我"都能够冷漠看待的随性。寺山蔑视并讨厌所谓的"坦白"。

这次的寺山展有一个副标题——"闪耀在黑暗中的宇宙"。这个标题一方面让我觉得很符合寺山的世界，另一方面，又给我们留下了一个疑问，那就是寺山阴暗的部分，即他的潜意识的部分究竟是什么呢？比如说，作为独生子的他一直纠结于与母亲之间的关系，对此，我连具体的事例都知道得很清楚，而且我也知道在他广泛涉及各个领域的作品中都反复表现了出来。但是，若问真实生活中的寺山对于母亲究竟抱着怎样的感情的话，就连与他关系非常亲密的我都一时语塞。我只能说，他给我的印象是，在他对那种感情寻根究底之前，他优先将那些想法变成了创作的素材。兴许在寺山看来，人类根本就没有什么所谓的"肉体"吧。但是以朋友的身份与他交往之后，我觉得他是一个活生生的真实的人。他总是一副野心勃勃的样子，自称"随随便便就能挣到一亿日元"，也因此而在一些无关痛痒的问题上发牢骚，比如明明是个大块头却喜欢穿厚底凉鞋。比起那个沉溺于语言文字世界的、创作了众多作品的寺山，我更喜欢那个日常生活中的寺山。

我在想，或许他把自己都只是当成一小块拼图来拼装起这个世界的吧。从他下意识的表现来看，那种拼装太过耀眼，太过华丽。比起进入黑暗世界深处拨开迷雾的做法，他更加倾向于剥离出黑暗世界的华丽表层，然后将其转化成光明的做法，这是他的方式。正如目录中九条今日子女士所写的那样：如果寺山先生还活着，他一定能够运用如今流行的电子媒体，从展览的暗淡光景中创作出一个又一个绚丽多姿的作品。

九月二十四日（周日）

　　如果按照平常的习惯，我会在人们上床睡觉的时间段参与录制广播节目。参与的节目叫《广播深夜便》，对谈的对象是很早就开始交往的好友楠胜范，他是最近备受关注的《诗歌之拳击》的发起人，自封为"声音诗人"。我们从广播台拿到的话题是"如今诗歌火爆"。我不知道事实是否如此，但我的确听说那些平时对诗不怎么感兴趣的人迷恋着《诗歌之拳击》这档节目，以地方比赛、差异化竞争和标签匹配等多种形式火热开展起来。一些诗人拿着自己的诗作——虽然并不是所谓的现代诗——到街上向行人兜售，被媒体报道后一举成名；还有一些人受文人画的传统启发，将诗与绘画结合起来，这些作品也被放在美术馆里展出，或者被印成日历。当我看到这些现象后，虽然明白这与宫泽贤治、中原中也的诗歌被人们广泛阅读完全不可同日而语，但也不禁让我思考，诗歌真的流行起来了吗？

诗人们对那些火爆时期没有什么印象，但在新闻学上，曾经有过被称为"诗歌热"的时期。第一次是二十世纪六十年代，各大出版社的诗歌全集跟文学全集一样卖得非常好，对此，我不怀好意地猜想，这些书怕不是都变成人们充实新家书架的装饰品了吧。接下来七十年代的"诗歌热"，是以思潮社开始推出便宜的平装版"现代诗文库"的个人诗歌选为契机的。用高桥源一郎的话来说，那是高中生们最喜欢读现代诗的时期。大概也是现代诗最富有活力的时期。现如今的"诗歌热"跟以前不一样。确实，茨木纪子的新刊和石垣邻的诗歌选集受到读者广泛欢迎的确是事实，但我觉得，这次的诗歌热中，富有活力的与其说是读者，不如说是创作诗歌的作者们。

但是这些作者并不能算是真正意义上的现代诗的创作者，也称不上是后备军。他们在路上出声朗读自己的作品，并将自己画的配图匹配着诗歌打印出来，甚至在网上开设个人主页。以前的诗人们会以在商业性的诗歌杂志和文学杂志上发表自己的作品为目标，从同人杂志到商业杂志再到文学奖，有一个类似金字塔式等级组织的晋升阶梯。但如今的这批作者貌似对此没有什么兴趣，他们试图离开所谓的诗坛与读者、听众直接交流。楠君说他们不是将诗歌理解成一个表达手段，而是将其当作一个交流工具。在我看来，这种现象的出现确确实实与手机、邮件和手绘书信的流行不无关系。他们试图以此来向他人倾诉自己的寂寞与不安吧。

　　也许他们连自己的文字究竟算不算得上是诗都不关心。就我所知，他们写出来、读出来的东西，很多不是老生常谈的人生训诫类的东西，就是以博人一笑为目的的无聊之作。处于现代诗主流的诗人们不认同他们也是理所当然的。但是不能否认的是，正是因为现代诗过于以自我为中心，所以才会不断地流失读者。也许我们可以这样看待近来的这些现象，他们是对拘泥于自身、流失了读者的现代诗的一种反动。我一贯认为，诗不仅仅产生于天才们会聚的顶峰，还蔓延至山脚下广阔辽远的平野。从这样的视角来看，现代诗也终于要像俳句和短歌一样开始打造自己的大众性了吧，这不是没有可能的。

在听众面前出声朗读自己的作品，对诗人来说是一个很好的发现他人的机会。年轻的时候，我认为朗读自己的作品的价值只不过是将诗人生前的声音用磁带记录下来，但到了二十世纪六十年代中叶，我在美国见识到了真正的"朗读"之后，我的想法就变了。虽然如今的我认为声音媒体和纸媒同等重要，但是磁带、CD上的录音与现场朗读的意义是不一样的。现场朗读的声音将与听众一起营造一种空间，一种一瞬间的小小共同体，他们使得诗的文字变得立体，语言变得鲜活。现场朗读会让我们感受到，诗不同于散文，不仅仅是语言意义的联结，声音、气味、意象都能成为我们理解诗歌的线索。

　　我听闻，近来在小学的日语课堂上，朗读诗歌变得很流行，为此而准备的诗歌选集比一般的诗集卖得更好。明治以来，市场定义了诗歌是用来默读的，而如今，通过出声朗读的方式，诗歌为我们展现了更加丰富多彩的世界，我由衷地感到高兴。在节目中楠君和我都朗读了自己的作品，由于是直播，节目后我无法重复收听，这实在有些遗憾。我喜欢收藏真空管收音机，如果能用自己喜欢的收音机收听自己的诗歌朗读的话，那该是多么令人开心的事啊。如果能用旧收音机收听的话，说不定诗也会听起来像浪花曲一样，让我误以为日本说唱故事的传统又复活了呢。

十月七日（周六）

　　陶醉于罗伯特·帕克笔下的女侦探桑尼·兰德尔的飒爽英姿，我来到了荷兰。从史基浦机场前往鹿特丹的路上，一道巨大的彩虹横在我们面前。看着那蓝天白云我总是感叹，终于来到荷兰了！这次紧凑的行程中，我还有没有机会再次欣赏到维米尔、伦勃朗和凡·高的画作呢？和我同行的是大冈信、多田智满子、高桥顺子，我们的这次活动是日本荷兰友好交往四百周年纪念活动之一，由我们四位日本诗人与四位荷兰诗人分别创作连诗①，然后凑到一起开展研讨交流会。我们是前天到的，昨天雷声轰鸣，还下了冰雹。我想，这天气的欢迎方式也太热烈了吧，不过在眼下的季节，这种天气在荷兰根本不值得大惊小怪。

今天，主办方世界诗歌协会（Poetry International）的工作人员带着我们去了多德雷赫特。我们乘坐"飞翔的荷兰人"号水翼船，沿马斯河逆流而上约一小时后来到了一个小港。当我看到狭窄的水域中停着豪华的游艇和汽艇的时候，我感到不可思议，心想：在这样一个人烟稀少的小城他们怎么挣钱呢？是依靠当初从殖民地掠夺的财富的残余吗？话虽如此，荷兰有一家叫飞利浦的大型企业，我非常喜欢用他们制造的剃须刀，或许如今电器产品也是十分兴盛吧。四处闲逛后发现一座大教堂，我们只去了那附近繁华的商业街。我们被带到一家拥挤的餐厅，在那里烤章鱼烧。但是其中并没有章鱼，它是在煎烤的小麦粉上抹上足量的砂糖和黄油，然后蘸朗姆酒吃的一种食物。我问了这种食物的名字，不知道怎么读，

---

① 连诗：日本20世纪90年代受西方诗歌影响出现的一种新诗体。——编者注

拿笔记了下来，好像叫"Paffertjes"①。

之后我们回到了鹿特丹的酒店，在一家叫都都克（Duduk）的很大的餐厅，就着矿泉水吃了点儿沙拉，由于临近演出，我们没有喝酒。饭后我们走在阴云密布的天空下，走进了图书馆附属的剧场里。背景音乐中响起了尺八和三味线的旋律。不管我们怎么宣称我们所写的是国际性的现代诗，在外人看来，我们很明显还是日本人。荷兰诗人们严格遵守着"五七五七七"的连歌②格式写下了他们的诗，同时，我们也按照四行二行接续的自由诗体创作了我们的诗。这种对比很有意思。听了荷兰诗人们的朗读后，我完全不懂他们在哪里遵守了"五七五"的格律。日本诗歌的传统在明治时期出现了暂时性的断层，这一点对他们来说似乎无法理解。连诗的连吟其实也是遵循日本诗歌传统的结果，遗憾的是，在后半段的座谈会中，我们并没有多余的时间来向他们说明这一点。

值得称赞的是，我们的诗的荷兰语译文被投影在了舞台

---

① Paffertjes：正确拼法应为 Poffertjes，意为荷兰小松饼。——译者注

② 连歌：日本传统诗歌的一种，产生于平安时代，是由多名创作者共同创作而成的。——编者注

后面的屏幕上。听众可以在听日语原版的同时，通过文字来理解诗歌的意思，反应更快，而且比起双语朗读，时间减少了一半。听起来就好像是文字从服务器传出，经过局域网后呈现出来一样。但是，新技术的利用并不是一帆风顺的，这也是很常见的。在昨天只有日本诗人朗读的研讨会上，一号击球手大冈先生的诗无法显示在屏幕上，研讨会因此一度暂停。看起来我们的大师大冈先生似乎与机器的脾性不太对付，在昨天接受比利时记者采访的时候，索尼录音机也坏了；今天在刚刚提到的烤章鱼烧的那家餐厅，厨房里的机器也出了问题，嘟嘟直叫。

在我看来，连诗的生命在于前句与后句之间的"联结"之处。我们不必拘泥于传统的格式，句与句之间的"联结"超越了诗的形式和技巧，将"何谓个体"这一问题推到我们面前。多位诗人齐聚一堂来创作一篇长诗的意义也就在于此。从理想的层面来说，我们必须下潜至荣格所说的集体无意识的深处挖掘出可以与他人分享的语言。是不是可以说，我们不应以只强调自身的"自我"（ego）来书写，而必须以同时关注他人的"自我"（self）来创作呢？这是不是也适用于一般的人际关系呢？在谈论连歌的时候借用荣格的概念，估计又会引出千头万绪的复杂景象吧。我认为，重要的不是为了彰显自己，而是为了凸显这一瞬间的创作集体。

我不知道荷兰的诗人们是如何理解连诗的，在我的印象中，他们的作品也堪称优秀。例如："女人的发香／在房间里的灰暗作用下／发夹闪闪发光""如同归棚的牛／我在毛茛花盛放的原野上任由思绪驰骋""雪在草坪上／为想要席地而卧的人们／铺设下床褥"。这些诗句的联结色彩旖旎，富有美感。在之前的类似活动中，总是让日本诗人和外国诗人共同生活几天的同时创作连诗，而这次，日本的诗人们用传真，荷兰的诗人们用电子邮件来彼此进行联系、交流。就算不用面对面，语言也是富有生命的，促进着人与人之间的交流。为此优秀的翻译家是不可或缺的，在这一点上，我们这次很幸运地得到了佛鲁门·纪子（Vroomen Noriko，本名近藤纪子）和伊芙·斯米茨（Ifo Smits）二人的帮助。

十一月三日（周五）

　　以手写字体打印的菜单上写着："一、下酒菜：白萝卜、胡萝卜、黄瓜；二、煮的菜：鸡翅、西蓝花、栗子；三、烤的菜：地炉烤蘑菇；四、凉拌菜：红叶拌柿子；五、醋拌凉菜：芡……"从新潟乘坐白新线经过二十分钟，可以到达位于丰荣市的风景名胜"福岛潟"，这里被修建得很美。在这里有一家用芦苇装饰着屋顶的餐厅"潟来亭"。我们在这里吃的这顿晚餐让最近突然迷上素食的我欣喜异常。菜肴当中的芡是叶上带刺，直径可达到恐怖的两米的一种植物，其花朵小巧可爱，茎有点儿像芋头茎，但又比芋头茎更富有野趣，更加可口。

今天早晨七点起床，到车站与片冈直子会合后来到了丰荣。住在当地的长泽忍来车站迎接我们。一行三人是为了诗歌朗读座谈会而来的，而我的目标却是参观由安藤忠雄设计、两天前刚刚开馆的丰荣市立图书馆，那里也是今天的会场。在图书馆正门下车后，展现在我们眼前的是一个宽阔的前广场，粗壮的苦槠树伸展着枝叶，树下设有长椅。我觉得，图书馆像是张开双手欢迎我们一样。在东京我经常去的那家图书馆带有更多的工作气息，所以我很羡慕这里的人们。一进图书馆，我立刻就明白了，这座图书馆是以圆形和正方形连接起来的简单形状为基本构造的。整体设计概念简单明快，白木制成的书架和椅子简洁朴素，以及从天花板和两侧不断涌入的大量自然光线，让身体比精神更先一步得到放松。

在此之前，我印象中的图书馆基本上就是借书的地方，我自己去图书馆的时候，办完借书手续后马上就出来了，而这座图书馆被设计成一个当地人集会的地方。参观原广司设计的宫城县立图书馆的时候我也有同样的感觉，虽然规模比这座大多了。安藤的设计以圆和四边形为基调，与之相对，原广司的设计以长直线为基本概念。我们以一种在街上享受购物般的心情在书架间缓步而行。据我所知，在宫城县图书馆，人们会举家前来，比如说父亲欣赏着老电影的视频，母亲翻阅着新到的杂志，而孩子则享受着阅读、听着故事，一家人会在那里愉快地度过一整天。丰荣的这座图书馆，当然也有儿童书的阅览室、聊天室、影音阅览室、室外阅读角、咖啡厅等等，二楼还设有"青少年园地"，让人眼前一亮。还有一个值得大书特书的事实是，市民捐赠的图书已经达到九千册。

在我的孩提时代，只要我一读书，父母就对我说："小孩子应该像风一样，去外面玩耍吧！"而如今很多家长则对孩子不爱读书忧心忡忡。我自己十分重视从书本中获得的知识，另一方面又担心书可能会让人脱离实践、纸上谈兵。近来很多人说一进书店就会感到一种莫名的压迫感，我也是其中之一。这也许是因为从某种意义上来说，书同电脑一样，也是一种没有实体的虚拟媒体吧。确实，书本里满载着各种"信息"，但是如果不将其应用于实践中的话，就无法成为活生生的"智慧"。阅读本来是一个人面对书本的孤独的行为，通过与其他各种各样的活动结合，书就变成活的了。在同丰荣市市长的对谈中，安藤先生这样说道："我想将这座图书馆变成一个市民集会的场所，一个像以前的私塾那样的地方。这里场地宽敞舒适，希望它能够成为一个以书籍为中心，从老人到孩子，都可以来此与人相会，能够静下心来思考的地方。"

我暗自认为，理解当今时代的关键词之一，应该是"寂寞"吧。日本人正在经历着前所未有的局面，每一个人都开始孤立起来。大家庭已经是往事了，连仅由父母与孩子构成的小家庭这一概念也逐渐不被谈论了，家庭形态正在崩溃。独居老人逐渐增多——我也是其中一员，不愿结婚的年轻人也越来越多。公司也正在逐步丧失其第二家庭的功能，在大城市，邻居也都是不熟识的陌生人。我们为了营造一个虚幻的可供归属的集体而四处拨打手机，花费大量精力在电子邮件里说着无聊的话，结伴去摇滚音乐会，在居酒屋聚会，参加可疑的宗教组织。在算不上大城市的丰荣，政府也提出了"振兴地方社区"的口号，希望赋予学校、图书馆类似文化馆一样的功能。生活在"和谐社会"的我们，是无法忍受"个体"的孤独的。

丰荣市市长小川先生也出席了我们的朗读会，在致辞中他坦言："说到诗，从佐藤八郎的《母亲》之后我就再没有读过诗了。"这种坦率值得称赞。如果没有这座新建成的图书馆的话，也许小川先生就不会接触现代诗了吧。我不确定我们三人朗读的诗到底是让我们收获了一名新的读者还是失去了一名读者，但我可以确定的是，朗读会之后的晚餐会在美好的气氛中持续到很晚。

十二月十五日（周五）

去年生日那天感冒了。前年生日那天怎么样已经想不起来了。生日什么的，就是让你很难平静下来。年轻的时候很害羞，别人跟我说生日快乐的时候，我也不知道到底有什么好祝贺的，随着年龄增长越来越不明白了。想到今年生日之后就七十岁了，年谱里面也是这样记着的吗，于是查了最近刚买的"帕姆"（Palm）电子手账，发现原来自己才六十九岁。六十九这个数字能够引发丰富的联想，不知为何觉得有些不合身份，有些抱歉。

我没有计划办什么生日派对，但有很多人记得我的生日。

住在邻家的孙子们送给我有着史努比封条的红酒和可爱的酒杯。远在纽约的女儿打来电话问我有没有收到邮件。我一边接电话，一边颤颤巍巍地打开电脑，伴随着迷笛的生日歌声，屏幕上出现了一张可爱的狗狗照片。通过网络收到生日歌是一种全新的体验。打开邮寄来的生日贺卡后，熊组成的管弦乐队站在眼前奏唱生日歌。我终于慢慢地感受到生日的氛围了。

很是壮观的一份礼物是厚厚的一沓名为"From 69 friends"（来自六十九个朋友）的文件，里面有六十九个素未谋面的年轻人的短短的一句话，分别按照他们的生日贴在一起。比如："一月十日，我台球日本第一" "三月二十五日，Nothing is true, everything is free（没有什么是真实的，一切都是自由的）" "七月十九日，酒井的红面包"，一些不知所云的话，配上他们的签名，很有趣。制作这个的是我的一个铁杆粉丝，大学生细川尚子，她从很小的时候就是我的粉丝。她每年都会邀请朋友给我制作这样一个很费时间的礼物。真的很难得。

虽说今天是我生日，但也不能因此而荒废工作。傍晚的时候在新宿有我新出版的《克利的天使》一书的签名会。在此之前，我去国立博物馆看了不久就要闭幕的"中国国宝展"。如我所料，人潮拥挤，隔着人们的肩膀我看到了自己想看的宝物。首先我被进门第一间展厅里的六世纪的佛像群吸引住了，不管是菩萨还是如来都如活生生的女人一样娇媚性感。我想这样一来不就像《花花公子》杂志一样了吗？仔细观察，哦，不，不用仔细看就知道佛像是没有乳房的，即便如此，这些佛像怎么看都不像是男的，但我也完全无意敷衍了事地说他们是中性的。但是能够确定的是，这种美是从人类短暂有限的肉体中诞生出来的。然后这种肉体孕育出了我们所说的心灵。每一尊佛像的表情都能让观者静下心来，而我只消看着没有头部的那尊佛像薄薄的袈裟下身体的线条，就能感到心绪平和。这些肉体的美，与其说是静止的，更像是流动的。

四川省出土的青铜立人像高二点六米多，耸立在人群之上。看着照片，我不禁感叹，原来中国还有这么宏伟的东西啊，惊佩之情无以言表。人像的容貌魁伟，与一千几百年之后制作的佛像似是而非。我一边感叹制作出这种造型的古代中国人的灵魂与现代的我们相隔得如此遥远，同时，我之所以莫名地被铜像中蕴含的力量所打动，我想一定是因为在我大脑某个无人问津的角落里依然残存着能够与这种力量产生共鸣的元素。即便如此，虽然有着同样的人类肉体，却能制作出如此不同的造型，正好印证了在文明、文化的演变过程中，心灵与思想呈现出了多么丰富多彩的变化。

　　所展出的国宝似乎多半都是最近十几年来发掘出来的。我的父亲彻三非常喜欢中国美术，特别是那些古文化美术。如果他还活着的话，一定十分兴奋吧。父亲喜欢中国的玉器，私下里以自己收藏的那些小物件为傲。因为父亲曾说那些玉器大部分都是商周的东西，所以在我的印象中，只要一说到玉，就条件反射地想到那个时代。而在今天所见的展品中，最古老的一件是新石器时代的产物，即公元前四千年至公元前三千年的文物，得知这一信息后我惊讶不已。确实，这与父亲所收藏的玉器式样不同，也更大。但是，由于被人潮所拦住，我未能近前仔细欣赏。无奈之下我只好来到休息场所翻阅图鉴，再次惊叹于中国历史与中国人令人恐惧的博大精深与超凡智慧，以及他们广阔的胸怀。二十一世纪怎么了？电脑为何物？我的生日恍如梦幻。

　　签名会顺利结束了，还得到了朋友送我的香槟酒。回到家后，我再次品读父亲写的有关玉石的文章，发现其中引用了泷井孝作的一首诗："飕飕寒日抚玉璧，丝丝暖意沁心脾。"据说是泷井先生欣赏了父亲的藏品后所作的。虽然恍惚如泡影，但今天生日真的很开心。带着这份喜悦，我进入了梦乡。

悠闲自在的一天。我来到了海边。冬天枯萎的草坪对面有着树丛，再往前就是海了。海水呈现出阴沉的深灰色，朦朦胧胧能看到岛屿影子的地方就是海空连接之处。听得到乌鸦的叫声，但是在海面上空悠闲地画出一道又一道圆弧的是鸢。偶尔有浅浅的几缕阳光从云层间钻出来，将海面照耀成闪闪发光的椭圆形。据说西方人把这种景象叫作"雅各布天梯"。传言，沿着那道光柱往上爬的话，就可以见到天使。虽然在现实中你只能看到人造卫星的残骸。

前天东京下雪了。晚上我邀朋友一起去砧公园赏雪。基本上没见到什么人。薄如水的雪花在树枝上堆积，那些树虽然披上了同样的白色衣装，却根据杉树、樱花树、梅花树等树种的不同而姿态各异，呈现出不同的美。我像念咒语一样在心中反复默念着：自然是完美无瑕的，自然是完美无瑕的……朋友的爱犬在雪地上跑来跑去，或许是口渴了，时不时地拿鼻子戳到雪里吃起雪来。这种景象，会让我回味到什么时候呢？

我想换车了。上门来给我办换车手续的销售人员对我说我可以选择车牌号。我稍加思索，我今年六十九岁，就选"××69"吧。活着的这六十九年中，我可有什么变化吗？我回过头去读年轻时写的诗，暗自惊讶。因为那些表达虽然笨拙，但即使我说是现在的我写的，也毫无违和感。如果有种东西叫作"感受性的核心"的话，那我在这方面一点儿也不成熟。作为一个人来说，活到今天，我过去的经历的的确确改变了我。

赏过雪那天的下午，十几名高中生来我家想跟我聊一聊。他们问了我好几个问题，但并不都是关于诗的。当他们问我"您认为人生中最重要的东西是什么？"的时候，我措手不及。

犹豫一番之后我回答说："爱！"这时心情变得很奇妙，然后又急忙补充道："当然爱也有很多种。"这是真心话。天空、大海、云、太阳、草木，这些都是自然的一部分，我热爱自然。但是一想到自己的身体也是自然的一部分，我很难说自己会无条件爱着自己的身体。当然最切实的问题是男女之间的爱情，这种爱情是多么麻烦的东西，我想每个人都心知肚明，所以我想干脆抛弃"爱"这一概念。

即便如此，如今我依然被它折腾着。即使在你不再谈论爱的时候，想要拥有重要的人的这种感情的想法也是不会消失的。但是我并不想执着于此，也害怕会在不经意间造成他人的不幸。我高中的时候在这方面更加没头没脑，如今的高中生们情况如何呢？我看到有这样的说法，"如果每周末能见面，每天对方打来三次电话的话，就算是爱了"，这能否说也是爱的一种形式呢？我也写过很多以爱为主题的诗，但是跟诗里的爱比起来，现实中的爱更多地归属于散文的世界。

马上就一点了，但我没什么食欲，于是吃了点儿茶泡饭。前几天的签名会上，一个未曾谋面的人送我一张 CD，我拿回家就放下没管，此刻拿出来试着听一下。我认定里面是音乐，结果突然开始播放诗朗诵。朗读者似乎说的是斯洛文尼亚语，虽然读起来没什么自信。声音很沉闷。封套上的照片上是两个男人，看起来多半是老人。上面附有英语译文，我试着读了起来：

"你需要偿还所有的恩怨情仇 / 第一个要偿还的就是生育之恩 / 嘲笑你的群鸟 / 将一生阴魂不散 / 不管是在你心平气和的时候 / 还是在你惴惴不安的时候 / 都会停在你的胸口 / 要求你偿还债务 / 于是你一个又一个不停地还债 / 但是你得不到任何回报 / 因为谁都不会原谅你 / 人类是得不到回报的 / 可以用来还债的有价值的东西 / 你通通没有 / 于是你只能交出自己来偿还所有。"朗读之后是重复着简单旋律的手风琴演奏。明明是从远处传来的声音，听起来却近在咫尺。

黄昏临近，天空、大海，以及远处的半岛都变成了灰色。但是灰色中却潜藏着白色、蓝色、粉红色、紫色。尖锐的鸟鸣声中，交织着正在进行道路施工的推土机的声音。以某人为对象进行工作的我，以及像这样独自一人不着边际地思考着的我，都是我，但若是说到哪个更让我感觉真实的话，我会说是像今天这样什么都不用干、悠闲自在的我。

我给一个深受抑郁症折磨的男人打了电话，他告诉我他妻子外出看牙医去了。我想着，他妻子都可以去看牙医了，就稍稍安心了。不久之前，他还很狂躁呢。狂躁的时候他经常外出旅行，喋喋不休地跟别人讲最新的话题，过于兴奋，难以为人理解；变得抑郁之后反而马上就能互相理解了……我感觉是这么回事。如果只是拘泥于肉眼所能看到的东西的话，心就会从眼睛看不到的东西身上溜走。马上就是夜晚了。我并不讨厌夜晚。

（《草思》，1999.5—2001.4）

　一个人生活

后记

　　我上一次集结这样的杂文出版，还是在十五年前。十五年来，父亲去世，孙子出生，好友离别，好几次出国游览，也获得了文学奖，也许在别人看来这是忙碌的十五年，但对当事人的我来说，这十五年就是每天重复着毫无变化的早晨、中午和夜晚。但是，我心里想着，我既没有自然死亡，也没有被人杀害，更没有染上大病，能够重复这样的日子本身就几乎可以说是奇迹了，就是戏剧性的结果了，不是吗？

　　小学以来我就没有写过日记。几年前我开始写日记，这对容易忘记过去的我来说，实在很有帮助。因为它会成为我回顾自己心情波动的依凭，而这种心情波动常常会被每天的日常琐事所湮没，而显得难以捕捉。但是同时我也注意到，对自己来说真正迫切的东西，却又是语言所无法言说、记录的。而正是这些并非不说而是无法言说的秘密，让我继续活下去。

自从开始一个人生活之后，与人见面的机会多了起来，也结交到了新的朋友。我和朋友们一起旅行，一起看电影，一起喝酒，一起胡吹乱侃，这是与一个人独处截然不同的乐趣。本书中的大部分文章，如果没有他们的话是写不出来的吧。谨向朋友们表示衷心的感谢！

谷川俊太郎

2001.11